14.5
fourteen and
a half

와타리 와타루 지음
퐁칸⑧ 일러스트

Contents

ᅧ시 내 청춘 ᅥ브코메디는 ᅡᆯ못됐다.14.5

y youth romantic comedy is
ong as I expected.

장인물 【character】

fourteen
and a half

히키가야 하치만………… 주인공. 봄부터 고3이 된다. 성격이 삐뚤어졌다.

유키노시타 유키노………… 봉사부 부장. 완벽주의자.

유이가하마 유이………… 봉사부 부원. 주위의 눈치를 보는 경향이 있다.

토츠카 사이카………… 테니스부원. 무진장 귀엽지만 남자.

카와사키 사키………… 하치만의 동급생. 약간 불량스러워 보인다.

하야마 하야토………… 하치만의 동급생. 인기인. 축구부.

미우라 유미코………… 하치만의 동급생. 학급 여학생들의 정점에 군림한다.

에비나 히나………… 하치만의 동급생. 미우라 그룹이지만 부녀자.

잇시키 이로하………… 축구부 매니저이자 학생회장. 봄부터 고2가 된다.

유키노시타 하루노………… 유키노의 언니. 대학생.

히키가야 코마치………… 하치만의 여동생. 봄부터 하치만과 같은 학교에 다닌다.

일본판 오리지널 디자인
numata rina

언제나 언제까지나 히키가야 코마치는 새언니를 원한다.

새해는 저승길의 이정표라고 노래한 사람은 잇큐 소준[#1]이었던가.

진리다. 참으로 진리다. 아주 그냥 불변의 진리. 잇큐(一休)라는 이름부터가 진리[#2]다.

휴식은 멋진 것이다. 하도 멋져서 고다이고였으면 뷰티풀 네임[#3] 한 곡 뽑았을 수준.

새해뿐 아니라 생일이나 졸업처럼 『축하합니다!』라는 말이 나오는 이벤트 태반이 세월의 흐름을 기준으로 하므로 실제로는 썩 경사스럽지도 않다.

결국 세상의 축일이란 죄다 끝을 예감케 한다. 나이는 곧 수명의 카운트다운이며 졸업 축하는 일종의 추방 행위다. 지금은 아이돌 그룹이 해산할 때도 졸업이라는 허울 좋은 말로 치장하는 시대가 아니던가. 그렇다면 세상에 축하할 일은 하

#1 잇큐 소준 일본 무로마치 시대의 승려이자 시인. 재치가 뛰어나 많은 일화를 남겼다.
#2 잇큐(一休)라는~진리 잇큐는 휴식(一休み, 히토야스미)이라는 단어와 유사하다.
#3 고다이고였으면 뷰티풀 네임 일본 밴드 「고다이고」의 노래 「뷰티풀 네임」.

나도 없으며, 해피하고 럭키한 것은 내 머릿속 정도밖에 없을 것이다. 꺄핫! 럭키![#4] 올해도 평범하게 보내야지!

그런 고로 새해 첫날부터 잇큐 소준의 가르침을 따르기로 했다. 서두르지 마 서두르지 마, 한숨 돌리자 한숨 돌려[#5]…… 한술 더 떠서 새해를 꿈나라에서 보낼까 했지만, 이 바디에 흐르는 재패니즈 블러드가 뉴이어 세리머니를 축하하라고 야단이다. 어떡해, 피는 못 속이나 봐……. 영단어를 알아도 영어를 못 하는 점이 완전 일본인이라니까.

아무튼 그 결과, 코마치에게 연행되어 새해 참배를 하러 나왔다.

센겐 신사에서 유키노시타, 유이가하마와 합류해 운세 뽑기니 뭐니 하며 신정다운 이벤트를 얼추 소화했을 무렵, 유이가하마는 길에서 마주친 미우라 그룹으로 옮겨갔고, 코마치는 깜빡하고 부적을 안 샀다며 왔던 길을 도로 돌아갔다.

남겨진 나와 유키노시타는 곧장 귀로에 올랐다.

전철로 불과 몇 정거장. 긴 시간도 아니고 긴 거리도 아니건만, 순간순간이 유난히 선명하게 기억에 각인됐다. 문득 소맷자락을 타고 전해지던 여린 힘과 헤어질 때 엉거주춤 들어 흔들던 작은 손을 나는 쉽게 잊지 못할 것이다.

그리하여 올해 첫날이 겨우 막을 내렸다.

참배 인파에 휩쓸려 변해가지도, 그런 나를 가끔 멀리서 혼

#4 꺄핫! 럭키! 만화 「아이카츠 온 퍼레이드!」에 등장하는 키세키 라키의 말버릇.
#5 서두르지 마~한숨 돌려 애니메이션 「잇큐 씨」의 아이캐치에 나오는 대사.

내지도 않고[#6] 새해다운 일들을 무사히 마친 나는 아무도 없는 집으로 돌아왔다.

부모님은 함께 외출이라도 했나 보다. 나는 코마치가 돌아오기를 기다리며 고타츠에 들어앉아 고양이를 끌어안고 수마에 몸을 맡겼다.

이거지…… 이거야말로 새해를 보내는 올바른 방법이다…….

꼭 새해 댓바람부터 여자와 마주쳐 가슴 두근거릴 필요는 없다. 심장도 연말연시 정도는 쉬어줘야지 않겠어! 진짜 쉬면 죽지만…….

× × ×

달그락 소리에 눈이 뜨였다.

고타츠에서 뒹굴던 사이 정말로 잠든 모양이었다. 벌떡 몸을 일으키자 맞은편에 앉은 코마치가 나를 못마땅하게 바라보고 있었다. 코마치는 탁상에 놓인 머그컵 하나를 내 쪽으로 밀었다. 나는 감사히 받아마시기로 했다.

"……오, 땡큐. ……빨리 왔네."

"그건 코마치가 할 말이거든……."

허탈하게 웃은 코마치는 커피를 한 모금 마시고 탁상 위에 축 퍼질러지며 물었다.

"……오빠, 그 뒤로 어떻게 됐어?"

#6 인파에 휩쓸려~혼내지도 않고 마츠토야 유미의 노래 「졸업 사진」의 가사를 패러디한 것.

"그냥. 아무 일도."

질문의 의도를 알 수 없어서 무난하게 대꾸하자 코마치는 그게 아니라는 양손을 까딱까딱 저었다.

"아니, 그냥은 무슨 그냥이야. 오빠가 무슨 반항기 중학생이야?"

"어, 어어……. 반항기 중학생답지 않은 지적이구만……."

내 동생이지만 이상하게 달관한? 혹은 애늙은이 같은 코마치가 몸을 앞으로 쭉 내밀며 친척댁 아주머니처럼 오지랖을 부렸다.

"유키노 언니랑 단둘이 갔잖아? 무슨 일 없었어?"

"그 정도로 무슨 일이 생기면 그게 더 위험하지……. 요즘 왜 초등학생이 단체 하교를 하는 줄 알아? 이렇게 위기의식이 없어서야……."

"어우, 또 시작이네. 그런 건 됐고."

코마치는 귀찮아 죽겠다는 투로 한숨 쉬고는 나를 시야에 두지 않으려는 것처럼 TV 설 특집 방송으로 눈을 돌렸다.

매년 별반 차이도 없는 특집 방송에서는 신정에 혼인 신고를 한 부부라느니, 신정에 태어난 베이비라느니, 새해에 어울리는 행복한 분위기를 연출했다.

"작년 중으로 치워버리고 싶었는데…… 이래서는 올해도 글렀나……."

"뭘 치워? 대청소 이야기냐?"

"응. 오레기 이야기."

"친환경과 재활용을 요구하는 시대라서 쉽게 버리기는 힘들걸."

"어떻게 인간이 이럴 수 있지……."

실없는 소리로 받아치자 코마치는 「어떻게 당신들이 그럴 수 있어!」를 외친 모 기후 전사 소녀처럼 살벌한 소리를 뱉었다. 어머머, 얘가 어디서 이런 무서운 말을 배웠대……. 혹시 반항기?

내심 전전긍긍하며 코마치를 보니까 코마치는 혼자 생각에 빠져 있었다.

"아…… 그래도 오빠는 오레기지. 코마치가 결혼까지 시켜줘도 금방 망가져서 반품되면 두 번 고생해야 하는데……."

자기보다 오빠 결혼부터 생각하는 코마치의 브라콤 기질이 위험 수준이다. 혹은 동생이 결혼까지 걱정해야 하는 오빠의 위엄이 위험 수준이다. 차라리 위험한 남매끼리 결혼하는 편이 가장 원만한 해결책이란 생각도 들지만, 우리나라의 법률상 그게 가장 위험하니까 포기하는 수밖에. 젠장! 법치국가!

내가 혼자 혁명 의지를 불태우는 사이, 코마치는 코마치대로 불타고 있었다.

"코마치가 생각한 새언니 후보가 없지는 않지만……."

"그러지 말아줄래? 본인의 동의 없이 그런 사적인 명단 만들지 말아줄래?"

"코마치 기준으로 강력한 새언니 후보를 뽑자면…… 역시 유키노 언니겠지."

듣지도 않네. 이런 망언을 일일이 들어주면 귀중한 새해 첫날이 날아가고 만다. 나는 대화를 끊으려고 TV로 몸을 돌렸다.

하지만 옆에서 옆구리를 쿡쿡 쑤시며 「오빠, 듣고 있어? 코마치, 지금 진지한 얘기하는데?」라고 말하면 오빠의 본능이 작동해 자동으로 경청 모드로 전환되어 버린다.

"유키노 언니가 새언니가 되면 오빠는 전업주부야. 평생 소득으로 따졌을 때."

"평생 소득으로 콜드패 선언하지 마. 오빠의 장래성을 좀 더 밝게 보라고."

"밝은데? 너무 밝아서 아무것도 안 보여. 태양권이야. 그냥 없는 거나 다름없어."

내가 언제 천진반한테 기술을 배웠지? 그래…… 그 정도란 말이지……. 내가 은근히 어깨를 늘어뜨리는데 코마치는 오히려 주먹을 높이 치켜들었다.

"게다가 유키노 언니라면 코마치도 부양해줄 거 같으니까 오빠 대신 코마치가 집안일까지 해줄게! 잘됐네, 오빠! 마침내 꿈에 그리던 한량 생활이야!"

"그럼 나 필요 없지 않냐……? 그냥 너희 둘이 결혼하라고……. 그건 그거대로 가능할 거 같으니까 오빠는 집에 가만히 있으련다……."

내 말을 듣고 코마치는 포근하게 미소 지었다. 그리고 부드럽게 말했다.

"괜찮아, 오빠. 오빠는 있어 주기만 하면……."

뭐야, 그 자애로 가득한 대사……. 완전히 애완동물 취급이라서 하나도 안 기쁘다만……. 내일부터 카마쿠라랑 같이 고양이

통조림을 먹으면서 미리 적응해놓는 편이 좋을지도 모르겠군.

다가올 츄르 쟁탈 종말 전쟁에 대비해 내가 카마쿠라와 눈싸움을 벌이는데 코마치가 카마쿠라를 훌쩍 안아 들었다.

코마치는 무릎 위에서 고롱거리는 카마쿠라를 쓰다듬으며 무서운 소리를 입에 담았다.

"뭐, 그렇게 따지면 하루노 언니도 조건은 비슷하지."

"야, 무섭게 왜 그래? 그 사람을 올케로 상상할 수 있는 네가 무서워."

항상 헛된 꿈에 빠져 사는 나조차 그런 상상은 절대로 안 한다고. 이 녀석 목숨 아까운 줄 모르네……. 녹색 버섯이 99개쯤 있나?

코마치는 커피를 후루룩 마시고는 멈추지 않고 상상의 나래를 펼쳤다.

"사키 언니도 가능성 있어."

"없어. 없다고."

"사키 언니의 여동생이 딸려오는데도? 걔가 그렇게 귀엽다던데."

코마치는 자신 있게 웃더니 카와사키 덱에서도 최강 패 중 하나인 케이카를 필드에 놓고 턴을 마쳤다. 케이카와 코마치가 면식이 있는지는 모르겠지만, 아마 카와 어쩌고 양이나 타이시에게 전해 들었겠지. 남에게 자랑하고 싶을 만도 하니까. 그만큼 케이카는 귀엽고 사랑스럽다.

"……잠깐 생각해볼 헉! 야, 그러면 타이시도 딸려온다는 뜻이잖아? 안 사요 안 사, 줘도 안 받아."

하지만 나 정도 되는 최강급 듀얼리스트라면 함정 카드에도 예민한 법. 아슬아슬하게 회피에 성공했다. 카와 어쩌고 양 개인의 문제를 떠나서 나는 오빠로서 코마치에게 타이시가 접근하지 못하도록 막을 의무가 있다.

하지만 케이카에게 내 마음이 흔들린 사실을 파악했는지, 코마치는 팔짱을 끼고 다음 카드를 꺼내 들었다.

"맞아, 오빠는 연하랑 궁합이 나쁘지 않았지……. 아, 그럼 루미는 어때?"

"루미루미는 뭐랄까, 나에게 있어서 아이돌 같은 존재야. 그런 눈으로 보기보다 같이 뜨거운 아이돌 활동을 하고 싶달까……? 순수하게 응원하고 싶어."

"으으, 정색하니까 못 봐주겠네……. 진심으로 하는 소리 같아서 진짜로 역해……."

성심성의껏 설명했는데 코마치는 벌레 씹은 표정이었다. 하지만 곧 체념했는지 한숨을 푹 쉬었다.

"연하도 안 되나……. 그럼 방향성을 바꿔서…… 히라츠카 선생님?"

그 이름이 나온 순간 우리 사이에 흐르던 공기가 싸늘하게 식었다.

조금 전 장난스럽던 대화와 달리, 어쩐지 자꾸만 현실적인 책임감이 상기됐다. 거기에는 가벼운 마음으로 건드려서는 안 될 『무게』가 있었다. 코마치도 그 점을 느꼈는지 슬픈 표정으로 고개 숙였다.

"미안. 코마치가 함부로 하면 안 될 말을 했나 봐……."

"그래. 못 들은 걸로 하마. 분명히 히라츠카 선생님이라면 언젠가 행복을 쟁취할 거야. 내 알 바는 아니다만."

나는 어딘가 먼 곳을 바라보며 기도했다. 빨리……! 누가 빨리 데려가 줘! 어서! 자칫 잘못하면 내가 데리고 가는 수가 있다고!

잠시 이야기소리가 사라진 거실에서 TV 소리가 공허하게 울렸다. 우리는 커피를 홀짝이고 동시에 숨을 내쉬었다.

잠깐 TV로 눈이 간 사이, 코마치가 불쑥 말을 꺼냈다.

"그래도 코마치는 오빠가 행복하다면 그걸로 됐어. 앗, 지금 그거 코마치 기준으로 포인트 높았어."

그 미소에 나는 턱만 살짝 당겨 소리 없이 답했다.

그래도
히키가야 코마치는
새언니를 포기하지 못한다.

아직 계절은 한겨울.

새것으로 바뀐 달력은 이제 하루치가 넘어갔을 뿐이다.

새해 참배를 다녀온 다음 날, 나는 유이가하마와 함께 유키노시타의 생일 선물을 사러 가자고 약속하고 홀로 귀로에 올랐다.

내리쉰 숨결이 평소보다 더 희어 보이는 것은 그만큼 무겁고 깊었기 때문일까.

겨울 하늘 아래 부산히 움직이는 다리와는 별개로 내쉬는 숨은 느릿했다.

한 번의 호흡에도 담배 연기처럼 길게 이어진 흰 숨결은 아주 잠깐 공중에서 살랑거리다가 바람에 실려 흩어져간다.

그 순간 서녘으로 기운 햇살에 붉게 물들고, 근처에서 어른거리는 푸른 네온이 스며들고, 이윽고 어둠 속으로 녹아내리는 모습은 마치 오늘 하루치의 한숨이 거기에 응축된 것만 같았다.

예를 들자면 유이가하마와 쇼핑을 하며 보낸 시간과 잡다한 대화, 어느 순간 줄어든 거리감은 저녁 햇살의 색과 사뭇 닮았다. 한편, 하루노와 하야토와 맞닥뜨렸을 때의 묘한 긴장감은 뉘엿뉘엿한 석양 위로 내려앉는 땅거미의 남색에 빗댈 수 있으리라. 그 뒤 유키노시타와 그녀의 어머니가 찾아왔을 때 느낀 감정은 밤처럼 깜깜한 어둠이었다.

먼 하늘에는 이미 밤의 가림막이 드리웠다. 나는 한 줄기 빛을 찾으려는 것처럼 하늘을 올려다봤다.

그 앞에 무엇이 있는지 짐작도 되지 않지만, 발은 멈추지 않고 내가 가야 할 곳, 돌아갈 장소, 귀결되어야 할 해답으로 조금씩이나마 나아갔다.

나는, 우리는 그렇게 지난 1년을 걸어왔고, 또 새로운 1년을 시작했다.

그렇게 생각하면 아직 해가 바뀐 지 얼마 되지 않았지만 나치고는 선방한 편이다.

유이가하마와 쇼핑을 했고 유키노시타에게는 무사히 선물을 건넸다. 미션 컴플리트인 셈이다. 너무 컴플리트해서 보상으로 돌을 받아도 될 수준. 너무 완벽한 미션 컴플리트라서 후배가 『해냈어요, 선배』라고 격려해줘도 이상하지 않다. 좋지, 그런 후배…….

그에 비해 우리 후배는 『그럼 그 돌로 가챠 돌릴까요? 기회는 바로 지금! 나올 때까지 돌리면 5성 확정이에요!』라고 말하고도 남을 타입이란 말이지…….

× × ×

신년답게 가족끼리 단란한 시간을 보낸 뒤, 밤의 거실에는 나와 코마치, 카마쿠라만이 남아 있었다.

고타츠에서 코마치가 타준 식후 커피를 마시며 복주머니 가챠나 돌려볼까 하던 차에 카마쿠라를 쓰다듬던 코마치가 헛기침으로 주의를 끌었다.

"……오빠, 그 뒤로 어떻게 됐어?"

질문의 의도는 안다. 코마치는 오늘 쇼핑 도중까지 따라왔었다. 그리고 아마 쓸데없는 오지랖을 부려 도중에 탈주했다.

그 말인즉, 코마치는 자기가 떠난 뒤 무슨 일이 있었는지 묻는 것이다. 어제 새해 참배에서 돌아왔을 때와 같은 패턴이다.

그렇다면 내 대답 또한 같아지는 것이 자명한 이치.

"그냥. 아무 일도."

그러자 코마치는「하아아아아~」하며 땅이 꺼지게 한숨 쉬었다.

"내 말 들어봐, 오빠. 유이 언니는 코마치의 새언니 후보 중에서도 최고 등급 언니야! 요즘 같은 세상에 그렇게 언니력(力) 높은 사람 잘 없어, 알아?"

"야야, 그거 하지 말라니까? 내 의지를 무시하고 새언니 후보 명단 좀 만들지 마. 즉시 파기해. 벚꽃을 보는 모임 초청자 명단을 보고 배우라고."

은근슬쩍 사회 풍자를 끼워 넣어 적극적으로 정치에 대한 관심을 어필하면서 차기 치바 현지사[#7]를 노리는 히키가야 하치만입니다, 안녕하십니까. 이 치바를 더 좋은 곳으로 만들어 가고자 저는…….

하지만 코마치는 아직 정치에는 관심이 없는지 내 선거 매니페스토는 귓등으로도 듣지 않고 멋대로 이야기를 진행했다.

"유이 언니라면 오빠가 바라마지않는 아내가 될 거야."

"그건 아니지. 유이가하마는 누구랑 결혼해도 좋은 아내가 될 게 뻔하잖아. 상대를 나로 한정할 필요가 없어. 고로 현재 설정된 조건을 전제로 토론해봤자 의미가 없다. 논파 완료."

말이 끝나기 무섭게 이의 있소! 라며 손을 들어 말하고 피식 웃어주자 코마치는 꽤 진심으로 상대하기 싫다는 표정이 되었다.

"와, 진짜 재수 없어……. 그런 점이 문제라니까?"

"네……."

아무리 나라도 장난기 쏙 빼고 그런 소리를 하면 입을 다물 수밖에 없었다. 반성하는 자세가 만족스러웠는지 코마치는 다시 기분을 풀고 이야기를 이어갔다.

"어디 보자, 그럼 이어서 제2차 지명 선수를……."

"으엑…… 이 신인 드래프트 아직 안 끝났어?"

내가 싫은 티를 풀풀 풍기며 말하자 코마치는 되레 가슴을 쭉 폈다.

#7 현지사 한국의 도지사처럼 한 현(縣)을 총괄하는 최고 책임자.

"당연하지! 코마치에게는 아직도 패가 많이 남았어!"

"저기요? 내 결혼을 듀얼처럼 논하지 말아줄래? 오빠를 무덤으로 보내도 새언니는 소환되지 않는단다. 아내 소환 코스트가 장난 아니게 높아. 그리고 수틀리면 나오자마자 이혼도 가능해."

나는 나대로 『이혼』, 『재산 분할』, 『위자료』 카드를 필드에 놓고 턴을 마친다. 이제 함정 카드 『성격 차이』만 발동하면 이혼 후 귀성 콤보가 완성된다.

하지만 그 콤보를 무시하고 코마치는 손등으로 뭔가를 밀어내는 시늉을 하며 말을 이었다.

"응, 그 이야기는 제쳐두고. ……그럼 반전 카드로 미우라 언니는?"

"너무 반전이잖아……. 그건 아니지. 진짜 아니야. 말도 안 돼. 다른 사람도 아니고 미우라? 하, 말도 안 돼. 진짜 아니야. 코마치, 농담이라도 좀 진지하게 생각해. 오빠의 미래가 걸렸다고."

"아니, 오빠야말로 너무 강하게 부정하는 거 아니야? 오히려 강한 긍정처럼 들려……."

뭐 호감이 가는 사람이기는 하지, 착하기도 하고……. 농담으로라도 그렇게 말했다가는 코마치가 물고 늘어질 게 뻔해서 나는 헛기침으로 말을 삼켰다.

"애초에 내가 어떻게 생각하건, 그쪽이 나를 엄청 싫어해."

"응, 어지간한 사람은 오빠를 싫어하니까 그건 제쳐두고……."

"저기요? 아니, 나도 아니까 상관은 없다만."

코마치는 심한 말을 담백하게도 꺼내면서 손등으로 뭔가 밀어내는 시늉을 했다. 혹시 밀어내는 것이 내 존엄성이 아닌가 의심되기 시작했다.

"미우라 언니는 좋은 엄마가 될 거 같은데."

"응, 그러게. 애 낳으면 뒷머리 엄청 기를 거 같지. 초등학교 5학년에 멋대로 염색하고 학교랑 대판 싸울 거 같지."

"아…… 결혼 전에는 돈키호테에 자주 있고 가족이 생기면 이온에 있는 그런 느낌[#8]……."

"아니, 그건 굳이 따지면 카와사키 쪽이지. 미우라는 좀 더 세련되게, 평소에는 아웃렛에 가고 1년에 한 번 이세탄[#9]에 가는 느낌이지."

"무슨 차이래……. 됐고, 다음 후보로 넘어가자."

코마치는 에효 한숨 쉬며 이야기를 흘려 넘겼다. 그리고 커피를 마시다가 퍼뜩 뭔가 떠올린 것처럼 말했다.

"아, 그럼 에비나 언니는?"

예상 밖의 이름이 거론되어 나도 모르게 잠깐 생각하고 말았다.

"음…… 피차 관심이 아예 없어. 서로 무시하고 각자의 생활에 참견하지 않는다면 나쁘지는 않겠지. 가정을 포기하는 전제로 사회생활의 이점을 골라 먹는 계약 결혼은 가능할 거 같아."

내 말을 듣고 코마치는 우웩 하며 인상을 찌푸렸다.

#8 결혼 전에는~그런 느낌 돈키호테 잡화점은 젊은 양아치, 이온몰은 양아치 같은 어른이 선호한다는 이미지가 있다.
#9 이세탄 일본의 백화점. 고급스러운 이미지가 강하다.

“너무 신시대의 부부상이야……. 참고로 그 이점이 뭐야?”

“결혼하면 대출받기 쉽다더라. 그리고 인적공제를 비롯한 세금 절약. 더불어 독신은 사회적 평판이 안 좋으니까 방파제로 쓸 만해.”

어디서 주워들은 지식을 뽐내자 멍하게 듣던 코마치의 표정이 점점 슬프게, 그리고 가엾고 딱한 눈길로 변했다.

“……오빠 결혼관, 너무 망가지지 않았어?”

“아니, 어디까지나 예시라니까……. 그런 진보적인 사고방식도 있다는 이야기지.”

이래 봬도 나는 미래의 치바 현지사를 노리는 남자다. 종래의 가족관은 물론이거니와 혁신적인 방식에도 이해심을 가져야 한다.

아까 말하다 만 내 선거 매니페스토의 일부를 소개하자 코마치는 곰곰이 생각에 빠졌다. 그리고 뭔가를 이해한 것처럼 고개를 끄덕였다.

“그렇구나……. 최악의 경우 배우자가 하야마 오빠여도 코마치는 이해해줄게.”

“그럴 일 없어, 없다고. 하야마는 아니지. 성별 이전에 그 녀석 개인의 성격 문제로 불가능해.”

대답까지 1초도 걸리지 않았다. 하지만 소수자를 위한 배려는 빠뜨릴 수 없는 법. 최강 보구 PC펀치를 맞지 않도록 어디까지나 나와 하야마의 궁합이 나쁘다는 논지로 반박했다.

코마치도 그 점을 이해하고는 다음 후보의 이름을 말했다.

"아, 그럼 있지, 예를 들면 토……."

"좋아."

대답까지 1초도 걸리지 않았다. 긴말이 필요 없다. 치바 현 지사가 아니라 바로 국회로 나가서 관련법을 개정할 기세다. 하지만 너무 득달같이 대답했는지 코마치가 식겁한 눈치였다.

"급해. 너무 급해, 오빠. 아직 다 말하지도 않았잖아. 토베 오빠라고 말하려고 했는데……."

"엇, 그러냐……. 근데 토베가 누구더라."

코마치는 또 깊이 한숨 쉬었다. 천천히 토해낸 숨은 실내 온도 때문에 희게 보이지는 않았지만, 그래도 몇 가지 색이 뒤섞인 듯했다.

코마치는 곧 체념한 것처럼 픽 웃었다.

"그래도 코마치는 오빠가 행복하다면 그걸로 됐어."

"그럼 먼저 코마치를 행복하게 해줘야지. 그게 내 행복이니까. 지금 그거 하치만 기준으로 포인트가 높아."

동생의 십팔번을 가로채자 코마치는 어리벙벙한 얼굴로 굳었다. 하지만 그것도 한순간뿐. 이내 어이없다는 듯 미소 지었다.

"아직 갈 길이 머네……."

체념 섞인 말을 끝으로 코마치는 머그컵을 들고 벌떡 일어나 주방으로 갔다.

그 뒷모습을 바라보며 나는 생각했다.

미래의 올케에게는 미안하지만, 조금만 더 나만의 동생을 독점하고 싶다고.

× × ×

주방에서 물이 끓기를 기다리는 동안 고타츠에서 카 군에게 농락당하는 오빠를 가만히 바라봤습니다.

이러쿵저러쿵 말해봤지만, 사실 그다지 심각하게 걱정하지는 않습니다. 15년을 곁에서 지켜보면 이런 안타까운 쓰레기라도 저 나름의 장점이 제법 보이게 됩니다. 어쩌면 취향 별난 사람이 그런 부분을 알아줄지도 모르죠.

앞에서 오빠를 잡고 끌어줄 사람, 뒤에서 오빠를 밀어줄 사람……. 혹은 또 다른 방식으로…….

어떤 형태일지는 몰라도 그렇게 함께 손을 잡아줄 사람이 분명히 있을 거라고 코마치는 예감합니다.

그날까지 코마치는 새언니(임시)를 계속 찾아 나가고자 합니다.

3

그렇게 축제는 끝나고 또 새로운 축제가 시작된다.

페스티벌.

그 말을 들으면 무엇을 상상하는가.

일본에서 페스티벌이란 일반적으로 록 페스티벌을 가리키며, 핵인싸 핫피플 파티족이 모여 밤새, 혹은 몇 날 며칠 동안 젊음을 불사르는 음악제를 뜻한다.

손에 술병을 들고 헤드뱅잉, 모싱, 다이빙을 시전하거나 어깨동무에 기마전, 혹은 영화 모테키의 모리야마 미라이처럼 가마 태우고 으쌰으쌰하는 등 난생처음 보는 사람들도 음악으로 하나 되어 웃고 떠들며 평생 잊지 못할 체험을 공유한다……. 페스티벌은 대개 그런 이미지로 통한다.

내 개인이 가진 이미지도 크게 다르지 않다. 색안경을 낀 편견이란 사실은 인정하겠다.

하지만 내가 생각하는 이미지가 반드시 나쁜 인상은 아니다.

음악을 계기로 하나로 뭉쳐 노는 행위는 오히려 건전한 즐거움이며 페스티벌의 존재 의의 중 하나라고 할 수 있다.

페스티벌이란 축제다. 탈일상의 공간이다.

옛말에 이런 말이 있다.

치바의 명물, 군무와 축제. 춤추는 바보에 보는 바보, 기왕 바보 됐는데 춤 안 추면 sing a song.

진리다. 참으로 진리다. 너무 진리라서 메구메구 메구링 메구리시☆해버린다.

그러므로 나는 그런 종류의 즐거움을 부정하지 않는다.

역사를 되짚어보면 축제는 신분을 초월하고 관용을 발휘하는 자리였다. 고대는 몰라도 중세 이후에는 신에게 제사를 올린 뒤 잔치를 열어 신분 고하를 막론하고 모두 평등하게 토할 때까지 술을 퍼마셨다고 한다. ……응? 잠깐만. 그게 어디가 관용이야? 요즘 같으면 술자리 강요죄로 한 방에 간다고.

그렇다면 현대에 시행되는 페스티벌에서는 새로운 관용의 척도가 요구되어야 마땅하다.

다 함께 떠들며 즐기는 사람이 있는가 하면 홀로 사운드를 즐기는 사람도 있다.

따라서 페스티벌에서 혼자 말도 안 하고 가슴속에 울리는 전율에 취하는 즐거움도 인정받아야 한다.

물론 이런 다양한 즐거움의 긍정은 페스티벌에 국한되지 않고 거의 모든 콘텐츠— 영화, 음악, 애니메이션, 소설, 만화, 연극, 뮤지컬, 꿈속의 뮤와 그 외 기타 등등에도 동일하게 적용된다.

하지만 그중에서도 페스티벌은 특히나 다양성의 존중이 필요한 분야가 아닐까?

콘텐츠에 귀천은 없고 장르에 따른 우열 나누기는 무식하기 짝이 없는 짓이지만, 굳이 페스티벌을 다른 콘텐츠와 구별하자면 그 찰나적인 유일성을 꼽겠다.

영화나 애니메이션 같은 영상 매체에는 재현성이 있다. 같은 장면을 몇 번이고 돌려볼 수 있는 점은 큰 장점이지만, 첫 체험의 충격과 감정까지는 재현하지 못한다.

물론 페스티벌과 라이브도 영상으로 기록할 수 있고, 영상 매체도 다시 보면 새로운 즐거움을 창출한다는 의견에는 나도 크게 공감하는 바이다. 같은 영화를 여러 차례 보러가는 사람도 있지 않은가. 재탕 횟수를 자랑하며 커뮤니티에서 잘난 척 떠드는 것도 당연히 즐거움 중 하나다.

하지만 처음 그 작품을 접한 순간, 미지의 세계에 발을 들인 그 순간에만 느낄 수 있는 압도적인 충격은 무엇으로도 대체할 수 없는 체험이란 것 또한 의심할 여지가 없다.

그런 유일성에서 페스티벌은 최고의 체험을 선사한다.

평생에 단 한 번, 행사장의 청중과 무대 위의 공연자가 만들어내는 불꽃, 그 순간밖에 맛볼 수 없는 열기와 분위기.

그것을 친구들과 공유하는 기쁨은 나도 이해하고 동의해 마지않는다. 그렇지만 구태여 그 전쟁터에 홀로 참전해 속으로 곱씹는 고고함 또한 훌륭하다.

요컨대 페스티벌에 참전할 때는 각자가 생각하는 최고의 방식으로 즐기면 그만이다.

개인적인 소견을 밝히자면 나 홀로 참전해서 누구에게도 방해받지 않고 마음껏 목청 높이며 응원봉을 흔들고, 돌아오는 길에 뽕맛에 취해 감성 충만한 라이브 후기를 남기는 그 순간도 페스티벌의 참맛이라고 생각한다.

페스티벌에는 혼자 참가해도 된다. 자유란 그런 것이다.

동네 사람이 모두 손잡고 와도 좋다. 누구와도 약속하지 않고 혼자 와도 좋다.

타인에게 피해를 주지 않는 한 어떠한 방식도 허용된다.

그렇다는 말인즉.

동생과 단둘이 참가하는 페스티벌 또한 허용된다는 뜻이다.

× × ×

또 새로운 봄이 찾아왔다.

무모하기 그지없던 합동 프롬을 발품, 말품 팔아가며 가까스로 넘기고 마침내 봄 방학을 맞이했다.

머지않아 새 학기가 시작된다.

얼마 남지 않은 방학을 조금이라도 유익하게 보내려고 맹호연[#10]을 본받아 최선을 다해 퍼질러 자볼까! 그렇게 마음먹었지만, 내 단잠의 꿈은 허무하게 무너졌다. 아침부터 코마치에게 끌려 나오고만 탓이었다.

"오빠, 빨리빨리! 페스티벌 시작하겠어!"

#10 맹호연 당나라의 시인. 봄잠과 관련된 「춘효」라는 시를 썼다.

“간다, 가…….”

코마치에게 꾹꾹 등을 밀리며 우리는 역에서 이어진 길을 걸었다.

목적지는 어느 뮤직 페스티벌이었다. 그래서인지 오늘 코마치는 검은 가죽 재킷에 러프한 티셔츠, 디스트로이드 진과 부츠로 펑키함을 연출하는 등 패션에 잔뜩 힘을 줬다.

아무래도 상관은 없지만, 옛날부터 「치바의 명물, 군무와 축제」라는 말이 있다시피 치바는 유명한 뮤직 페스티벌이 많이 개최되는 페스티벌의 성지다. 지금 가는 곳도 그런 페스티벌 중 하나라고 들었다.

나는 따라가는 것뿐이라서 자세히는 모르지만, 코마치의 이야기에 따르면 축제 열기가 제법 뜨겁다고 한다.

그 말을 증명하듯 행사장으로 가는 길에는 목소리 큰 핵인싸 핫피플 파티족들이 아직 행사도 시작하기 전인데 한껏 달아올라 있었다.

옳거니, 내가 따라오길 잘했군…….

페스티벌에는 순수하게 음악을 즐기는 팬뿐 아니라 헌팅을 목적으로 참가하는 몹쓸 인간도 있다고 풍문으로 들었다.

그런 곳에 코마치 같은 어리고 아리따운 소녀가 단신으로 뛰어들면 행사장 주변을 어슬렁거리는 관객들이 『웨이~! 너 귀여운데? 학생이야? 나이는? 어디 살아? 라인 해?』라며 맥락도 없이 말을 걸고 정신을 못 차리는 사이에 헌팅당한다. 심지어 그 뒤에 『꿈은 있어? 인세 수입이라고 알아? 이번에 바비

큐 할 건데 올래?』라고 신속하게 다단계를 권유하기도 한다.

코마치가 이상한 온라인 살롱[#11]에 빠지면 어떡해! 갑자기 퀭한 눈으로 옛날 동급생에게 닥치는 대로 연락하는 불상사가 일어나지 않도록 내가 꼭 붙어 있어야 해!

나는 사명감에 불타며 행사장으로 가는 길을 설렁설렁 걸었다.

행사 시작까지 아직 제법 시간이 남았지만, 관객들은 계속해서 모여들고 있었고 라이브 티셔츠나 유니폼을 입은 집단이 도처에서 눈에 띄었다.

이런 축제 분위기는 치바, 특히 마쿠하리 근처에서는 낯설지 않은 광경이었다.

마쿠하리는 대형 이벤트 홀과 야구장, 게다가 모래사장도 있어서 각종 이벤트에 적합한 입지였다.

오늘도 마쿠하리 멧세라는 이름에 속아 마쿠하리 역에 내리는 사람이 속출하겠구만……. 카이힌 마쿠하리 역에서 내리거나 마쿠하리 혼고 역에서 버스로 갈아타야 하건만…….

그런 생각을 하면서 걷던 사이 행사장에 도착했다.

개장 시간을 조금 지난 시각이라서 입구는 이미 북새통을 이루고 있었다. 틀림없이 이중에는 마쿠하리 역에서 절망을 맛본 사람도 있겠지…….

이런 라이브 공연은 으레 개장 직후가 가장 붐비기 마련이다.

#11 온라인 살롱 유명인이나 특정 분야의 전문가를 중심으로 한 회원제 온라인 커뮤니티. 특유의 폐쇄성 때문에 다단계나 사기에 이용되었다.

하지만 나는 이래 봬도 라이브에 제법 다녀본 몸이다. 나 정도 되면 개막이 5분 밀릴 것을 예상하고 입장해 오프닝 공연을 놓치는 일도 심심찮게 벌어진다. 놓쳐서 어쩌자고……. 하여간 글러 먹은 오타쿠는 인터컴을 듣는 스태프 같은 표정으로 진행 상황을 억측해대서 안 된다니까.

그러나 이 인파를 보건대 행사장 내부는 더 혼잡하리라고 예상됐다. 저 속에서 부대끼며 하염없이 개막을 기다리자니 지레 넌더리가 났다.

나 혼자라면 맥캔이라도 하나 빨면서 느긋하게 들어가겠지만, 오늘은 어디까지나 코마치를 따라온 입장이었다. 우선 본인의 의사를 확인하자.

……어떡할래? 집에 갈까? 라는 눈빛을 보내자 코마치는 내 어깨를 탁탁 두드리며 채근했다.

"오빠, 빨리빨리! 빨리 들어가자!"

우리 코마치가 마음이 급한가 보구나.

으음, 그래도 오빠는 오늘 사운드를 몸으로 느끼고 싶은데……. 적당히 뒤편에 있고 싶은 기분이란 말이지……. 스탠딩 공연은 앞쪽에 있으면 뒤에서 자꾸 전진 스텝으로 밀고 들어오잖아? 거기에 휘말리는 건 좀…….

그렇게 쓸데없이 익숙하다는 어필로 은근슬쩍 유도하려는데 코마치의 초롱초롱 눈망울을 보니 섣불리 말을 꺼낼 수 없었다.

"그래도 그 있잖아? 아직 시작하려면 멀었잖아? 시간 좀 남았잖아?"

그 결과 참으로 징징거리는 말투가 되어버렸다.

그러자 코마치는 볼을 부풀리고 손가락을 까딱까딱 흔들었다.

"무슨 소리야? 집에 돌아갈 때까지 페스티벌은 끝이 아니야. 다르게 말하면…… 집을 나온 순간부터 페스티벌은 시작된 거야!"

그러고는 가슴을 쭉 내밀고 주먹을 힘차게 들어 역설했다. 어찌나 힘차게 말하는지 나도 모르게 설득당했다.

"그, 그런가. 그래! 그랬어! ……그런가?"

그런가? 정말로? 반사적으로 수긍하고 말았지만, 「이길 때까지 싸우면 안 진다!」 같은 궤변을 들은 기분이다만? 하지만 코마치는 오빠의 미심쩍은 시선에도 굴하지 않고 더욱더 힘차게 밀어붙였다.

"맞다니까! 아무튼 빨리 가자! 안 그럼 개막 전 안내 방송을 놓친다고!"

"어, 그래……. 좋아, 그럼 갈까……."

아하, 요 녀석 보게. 너는 선입이 특기인 우마무스메구나? 막판 밀어붙이기 너무 강하잖아. 그야 안내 방송을 포함한 라이브 시작 전의 분위기 또한 현장에서만 맛볼 수 있는 재미지. 역시 내 동생은 착안점이 샤프[#12]해.

"레츠 고~!"

힘찬 말과 함께 쪼르르 달려가서 나를 돌아본 코마치를 좇아 나도 잰걸음으로 그 뒤를 따랐다.

#12 착안점이 샤프 일본 기업 샤프의 과거 슬로건.

× × ×

사람을 헤치고 들어간 행사장은 시끌시끌한 소리로 가득했다.

기대에 찬 속삭임과 들떠서 떠드는 소리, 그리고 흥분을 주체하지 못한 함성이 들렸다.

조명이 꺼진 어둠 속에서도 열기는 피부로 전해졌다.

개막을 앞둔 시각, 회장의 분위기는 최고조로 달아올랐다. 대형 스크린에 비치는 참가 뮤지션 PV에서조차 관객들이 응원 구호를 부르짖고 야광봉을 흔들었다.

앞쪽은 참가 뮤지션과 아이돌의 열성팬이 점거하여 우리는 자연스럽게 뒤쪽으로 밀려났다.

하지만 뒤쪽 자리는 행사장 전체가 잘 보인다. 올 스탠딩 구조로 관객에게 둘러싸이자 별 관심이 없던 나조차 가슴이 두근거렸다.

행사장의 배경 음악이 서서히 페이드아웃 되고 스크린 영상도 사라져갔다. 그에 반비례하여 기대에 찬 술렁임이 커졌다.

곧 시작된다.

그렇다면 그 전에 주의사항을 알리는 것이 라이브의 정석. 라이브에 따라서는 그 부분부터 사장과 사무원이 프로듀서에게 안내 방송[#13]을 하는 등 센스를 발휘하기도 한다.

#13 사장과~안내 방송 게임 『THE iDOLM@STER』 시리즈의 라이브 공연. 「프로듀서」는 해당 게임의 유저를 가리키는 호칭.

#14 룰을~페스티벌 『유희왕 오피셜 카드 게임』 광고 문구 「룰을 지키면서 즐겁게 듀얼!」의 패러디.

이 페스티벌에는 어떤 주의사항이 있을지 어디 들어보자는 식으로 방송에 귀를 기울였다.

그런데 그때, 뒤쪽에서 웅성거리는 소리에 섞여 어째 귀에 익은 목소리가 들려왔다.

"여기가 오늘 콘서트 장소구나……."

"빨리 자리 잡자! 시작하겠어!"

"그래요! 서둘러요!"

유난히 차분한 소리가 들리는가 싶더니 재촉하는 활기찬 목소리, 그리고 앙큼하면서도 귀여운 목소리가 이어졌다.

그러다 차분한 목소리가 그들을 제지했다.

"잠깐만. 공연장 내에서는 뛰면 안 되잖니. 그리고…… 지금부터 주의사항을 알려줄 테니까 잘 들으렴."

"네~!"

"본인이 제일 신나셨네……."

활기찬 대답과 어이없어하는 감상이 흘러나왔다. 가벼운 헛기침이 있은 뒤, 차분한 목소리가 담담하게 말을 이었다.

"상연 중에는 휴대전화를 매너 모드로 바꾸거나 전원을 끄렴. 그리고 사진, 영상 촬영 및 녹음은 금지야. 이런 행위가 발각되고 스태프의 주의에 따르지 않을 시 퇴장, 이벤트가 중지될 수 있으므로 이해와 협력을 부탁드립니다. 아울러 이벤트 녹화 촬영 중 객석이 노출될 수 있는 점 미리 양해 바랍니다. ……이상이야. 둘 다 숙지했니?"

"네~! 룰을 지키면서 즐겁게 페스티벌[#14]!"

차분한 목소리는 장황하게 주의사항을 읊어댔다. 밝은 목소리는 모범적으로 대답했지만, 정말로 이해했는지 의심스럽다. 그 옆에서는 착잡한 한숨 소리가 나직하게 새어 나왔다.

혹시 아는 사람인가 싶을 정도로 어디서 많이 들은 목소리와 말투였다. 몸을 반만 돌려 뒤를 보지만, 인파에 가려 모습을 확인하기는 어려웠다.

그래도 군중 속에서도 그 앙큼하고 귀여운 목소리와 밝고 귀여운 목소리, 침착하고 아름다운 목소리는 유난히 귀에 잘 들어왔다.

"……그럼 즐겨볼까요!"

"와~!"

"……아, 이제 시작하겠어."

그 소리에 앞을 보자 무대 위에 스모그가 깔리고 스포트라이트가 빙글빙글 돌고 있었다.

마침내 축제가 시작된다…….

× × ×

초장부터 유명 뮤지션이 이어지며 페스티벌은 크게 달아올랐다.

헤드라이너가 등장하려면 아직 멀었지만, 객석은 이미 열광의 도가니였다. 그 흥분이 전염되어 어느샌가 나도 환호성을 지르며 머리 위로 수건을 붕붕 돌리고 있었고 코마치도 정신

없이 방방 뛰어댔다. 시간은 눈 깜짝할 사이에 지나갔다.

하지만 이런 인파 속에 오래 있으면 그것만으로 진이 빠지게 마련이다. 나는 코마치의 제안에 따라서 화장실도 갈 겸 잠깐 휴식을 가지기로 했다.

"후아, 재밌다……."

여운에 잠긴 코마치의 혼잣말에서는 만족감과 기분 좋은 피로감이 묻어났다. 나도 그 말에 동의하며 공연장을 빠져나왔다.

장시간 이어지는 페스티벌에는 노점이나 음료를 제공하는 휴식 공간도 설치된다고 한다.

아직 귀 안쪽이 웅웅 울리는 먹먹함과 몸속까지 파고드는 중저음 속에서 휘청거리며, 우리는 휴식 공간으로 걸음을 옮겼다.

그곳에는 우리처럼 후반전에 대비해 에너지를 충전하는 사람이 많이 모여 있었다. 대규모 페스티벌이라 그런지 건물 밖에도 사람이 바글바글했다.

그 인파를 헤치고 나가 구석 벽 쪽에서 숨을 돌렸다.

그런데 난데없이 뒤에서 익숙한 목소리가 들렸다.

"하~ 역시 페스티벌은 좋아~! 분위기 완전 뜨겁다구!"

"그쵸! 근데 너무 뜨거워서 일단 좀 쉬어야겠어요……."

"그, 그래……. 후우……."

여자 세 명이 페스티벌에 왔나?

이런 곳에 익숙하지 않은 사람도 있는지, 유독 피로에 물든 한숨과 그녀를 걱정하는 소리가 희미하게 들렸다.

"유키농, 완전 녹초 됐어……."

미소와 걱정이 섞인 말에서 굉장히 익숙한 고유명사가 튀어나왔다. 내가 아는 유키농이라면 우리 학교에 재학 중인 유키노시타 유키노와 트레센 학원의 유키노비진밖에 없다.

반사적으로 돌아보고 목소리가 들린 쪽을 빤히 바라봤다.

"앗! 유이 언니, 유키노 언니!"

코마치도 알아챘나 보다. 코마치가 낭랑하게 외치자 상대편에서도 활기찬 목소리가 돌아왔다.

"코마치, 야헬롱~! 그리고 힛키두 야헬롱~!"

"어머, 히키가야."

척 보기에도 페스티벌에 있을 법한 인간과 척 보기에도 페스티벌에 없을 법한 인간. 다시 말해, 기운차게 손을 흔드는 유이가하마 유이와 살짝 창백한 얼굴로 힘없이 중얼거린 유키노시타 유키노였다. 그리고 그 옆에는 잇시키 이로하도 있었다.

세 사람 모두 페스티벌에 오느라 복장을 맞췄는지 오버사이즈 티셔츠 위에 검은 가죽 라이딩 재킷, 아래에는 디스트로이드 진을 입고 하이컷 부츠를 신은 펑키한 차림새였다.

평소에는 청초하고 소녀다운 인상이 강한 유키노시타도, 팝하고 러프한 복장이 많은 유이가하마도, 포근하고 귀여운 스타일인 잇시키도 오늘은 또 다른 매력이 있었다.

"오오……."

이런 곳에서 만났다는 놀라움 반, 개막 전에 들은 목소리는 역시 이 세 사람이었다는 납득 반으로 고개를 끄덕였다.

"앗, 선배님."

그리고 잇시키도 살짝 고개 인사를 한 뒤, 내 옆에 있는 코마치에게 의심스러운 눈길을 보냈다.

"……이랑 오코메."

"으음…… 이상한 별명이 정착될 거 같아……. 코마치예요! 코마치 이름은 코마치라고요!"

무성의한 별명 때문에 코마치는 대놓고 인상을 썼지만, 곧 펄펄 뛰면서 자기 이름을 어필했다.

잇시키는 그런 코마치를 말리듯 머리를 톡톡 두드리며 싱긋 웃었다.

"에이 뭐 어때요, 귀여운 별명이잖아요? 후배 캐릭터는 좀 얕보여야 꿀 빨기도 쉽고☆"

"으아, 진짜 성격 끝내주네, 이 사람……."

코마치가 질색하자 왠지 잇시키도 질색하는 표정을 지었다.

"……라고 선배님이 말했거든요."

"와아, 진짜 그러고 다녔을 거 같아……."

그러더니 둘이서 나에게 경멸의 눈빛을 보냈다. 안 했어…… 그런 소리 안 했다고……. 또 누명을 쓰고 말았다…….

하지만 두 사람이 친해지기 위해서라면 달게 받겠다.

잇시키와 코마치는 합동 프롬에서 한 번 만난 게 전부라서 서로 안면을 튼 지도 얼마 되지 않았다. 그런 두 사람이 친해지려면 공통의 지인을 헐뜯는 게 가장 빠르겠지. 호박씨 까고 공범 의식을 공유하는 게 친해지는 비결이니까!

그래도 코마치라면 인간관계는 야무지게 풀어나갈 것이다.

색안경을 빼고 보더라도 코마치의 사교성은 대단한 편이다. 상대가 초면이라도, 연상연하를 불문하고 스스럼없고 자연스럽게 말을 걸 수 있다. 저번 여름방학에 치바 마을에 갔을 때는 주변에 연상밖에 없는데도 문제없이 교류했고, 카와 어쩌고 양의 동생인 카와사키 케이카와도 눈높이를 맞춰 잘 놀았다. 차별 없이 누구와도 가깝게 지낼 수 있는 재능은 세계의 여동생이라고 부르기에 부족함이 없다.

지금도 코마치가 나보다 먼저 그녀들과 수다를 떨고 있지 않은가.

"코마치두 합류해서 다행이야~."

"에이, 아니에요. 코마치도 불러줘서 기뻤어요!"

유이가하마가 활짝 웃으며 손을 흔들자 코마치도 손뼉을 짝 치며 왁자지껄 웃었다.

아하, 그렇게 된 거구만. 대규모 페스티벌에서 우연히 마주치다니 소름 끼치는 우연도 다 있다 싶었는데, 처음부터 약속을 한 모양이었다. 생각해 보면 쉬러 나가자고 말을 꺼낸 사람도 코마치였다. 휴식은 구실이었고 사실 집합이 목적이었나. 그렇게 그냥 넘어갈 뻔했으나…… 아니, 잠깐만.

"응? 나는 안 불렀잖아?"

왜? 왜 힛키를 건너뛰고 코마치를 부른고양?

내가 묻자 유이가하마는 쭈뼛대며 대답했다.

"힛키한테 말해두 안 오니까……."

"뭐, 그건 그렇다만……."

만약 나를 불렀어도 반사적으로 지금 필살의『갈 수 있으면 갈게』를 발동할 게 뻔하다. 게다가 불렀을 때는 갈 마음이 있어도 약속일이 다가올수록 서서히 귀찮아지는 인간쓰레기 특유의 사고방식을 가진 사람이 나다. 사전에 예정을 잡으면 왠지 귀찮아지는 그 현상은 뭘까?

하지만 그런 내 습성을 완벽하게 이해하는 사람이 있으니, 바로 우리 동생 코마치다.

"그래서 코마치가 부름을 받았다는 말씀."

코마치가 우쭐한 표정으로 양손으로 브이를 날리며 말했다. 과연 오빠 다루는 솜씨가 탁월하다. 동생이 당일에 갑자기 졸라대면 웬만해서는 거절하지 못하는 내 특성을 잘 파악하고 있다. 아니, 이미 코마치뿐 아니라 유이가하마도 알고 있는 듯했다. 그래서 코마치를 경유하는 방법을 택했겠지.

어떡해, 부끄러워……. 정말로 내 생태가 전부 알려져서 무섭잖아. 보란 듯이 낚여버린 이 상황이 살짝 창피하다고.

그 감정을 드러내지 않으려고 애써 헛기침하고 화제를 돌리기로 했다.

"응? 그렇게 따지면 유키노시타도 마찬가지 아니냐? 이런 곳에 안 올 거 같다만……."

돌아보니 내 말을 증명이라도 하듯 초췌해진 유키노시타는 이 페스티벌과는 이질적인 고상함을 발했다. 그런 점이 이런 장소에 익숙하지 않다는 인상을 줬다.

유키노시타는 힘없이 웃더니 이마를 살며시 짚으며 수긍했다.

"마, 맞아. 나도 처음 왔지만…… 페스티벌, 굉장하네. 아, 잠깐, 무리를…… 괴로워……."

"유키노 언니! 라이브 보고 온 오타쿠 트위터 같아요!"

코마치의 지적이 참으로 적절했다. 애니를 생방으로 챙겨보면서 『잠깐 무리 괴로워[#15], 고죠유지 완전 사귀는 사이잖아…….』라고 주절거리는 어휘력 상실 여자 오타쿠 같았다.

"아무튼, 지쳤어……."

유키노시타의 깊은 한숨에는 피로가 짙게 묻어났다.

가뜩이나 저질 체력인데 익숙하지 않은 페스티벌을 견뎌낼 재간은 없으리라. 이 열기를 처음으로 경험했다면 그럴 만도 하다. 인파 속에서는 의외로 서 있기만 해도 체력을 빼앗긴다. 흥분한 관객들 사이에서 부대끼는 감각은 지옥철의 고통에 버금간다.

"괜찮냐? 마실 거라도 갖다줘?"

내가 예의상 물어보자 잇시키가 막았다.

"아, 걱정하지 마세요. 곧 도착하니까요."

"도착해?"

뭐가? 뭐야, 그 주어를 내다 버린 화법은? 혹시 우버[#16] 같은 거라도 시키셨나? 요즘 그거 편하더라.

그런 생각을 하는데 멀리 휴식 공간 끝에서 낯익은 얼굴이

#15 잠깐~괴로워 「待って(맛테)」, 「無理(무리)」, 「しんどい(신도이)」. 여성 오타쿠가 좋아하는 것을 봤을 때 사용하는 대표적인 표현으로 알려져 있다.
#16 우버 음식 배달 플랫폼 『우버이츠』. 최근에는 일본에서 배달 대행 서비스로 많이 이용되고 있다.

낑낑대며 걸어왔다.

“뜨어~ 가게 무진장 복잡하잖어~. 음료수 사기 겁나 힘들어. 페스티벌, 장난 아니야.”

잘 보니 양손에 음료수를 사든 토베가 왠지 우쭐거리는 얼굴로 우쭐우쭐 다가오고 있었다.

“음? 얼레리~? 히키타니 아녀!”

그러다가 나를 발견하고는 양손에 든 음료수를 들어 보이며 웨~이 하고 뛰어왔다.

“그, 그래……. 설마 토베이츠였을 줄이야…….”

최신 배달 서비스를 쓰는구나? 라는 눈으로 잇시키를 곁눈질하자 잇시키는 뻔뻔스럽게 말했다.

“지금이라면 수수료 포함 사실상 무료라지 뭐예요.”

“좀 내줘라…….”

일단은 선배잖냐. 붐비는 매점에 음료수를 사러 가는 선배는 고달프다고. 돈도 안 내면 그냥 착취지. 「공짜라는데 한번 써볼까……」라는 뉘앙스마저 있어서 잔혹하다는 말로는 이루 다 표현할 수 없다.

더없이 손쉽게 자행되는 지독한 착취에 그만 통탄하고 말았지만, 정작 본인은 별로 신경 쓰지 않는 기색이었다.

“됐어됐어. 여기 음료수.”

토베는 아주 익숙하게 방금 사 온 음료수를 나눠줬다.

“고마워~.”

“고마워…….”

유이가하마가 평탄한 어조로, 유키노시타는 피로가 역력한 목소리로 말했다.

"고맙습니다!"

어째선지 코마치도 덩달아 음료수를 받았다. 참고로 잇시키 양은 인사도 하는 둥 마는 둥 거의 웅알거리다시피 「감삼다~」라고 말하고 땡이군요.

그리하여 토베가 들고 있던 음료수 네 개는 무사히 매진됐다. 음…… 토베가 마실 몫까지 없어졌군…….

"미안. 동생이 마신 건 내가 살게."

아무리 토베이츠가 사실상 무료 배달 서비스라도 느닷없이 합류한 코마치는 계산에 넣지 않았을 것이다.

"아냐아냐, 됐어. 눠눠 눠눠~."

내가 목소리 낮춰서 말하자 토베는 별로 상관하지 않는지 어디 사투리인지 모를 말로 적당히 받아치며 시원스레 웃고는 손을 흔들었다.

뭐야, 왜 이렇게 착하냐고……. 그렇게 생각하는데 토베는 그제야 코마치를 알아본 모양이었다. 오오, 하고 호들갑스럽게 놀라더니 손가락을 탁 튕겼다. 그리고 그 손가락으로 코마치를 척 가리키며 법석을 떨었다.

"이제 보니까 히키타니 동생이잖어! 크아~! 이거 완전 동생타니네?! 엄청 오랜만이야~! 뭔데뭔데, 대체 뭔데? 뭐뭐? 뭔 일로 온거? 우와 대박, 완전 추억이야~. 할 이야기 너무 많아~."

"아~! 오랜만이에요! 다음에 꼭, 정말 다음에 꼭 한번 만나서 이야기해요!"

그에 비해 코마치는 빵긋 웃기는 했으나, 한 걸음 불쑥 다가온 토베에게 맞춰 슬쩍 한 걸음 물러나며 어째 술자리를 해산하며 빠져나오는 사람처럼 말을 받았다.

"이야기할 생각 없어서 거리 두는 거잖아……."

"별루 안 친한 여자애가 자주 하는 말!"

그 노련한 응수에 나와 유이가하마는 입을 다물지 못했다.

다음에 꼭 한번. 여기서 말하는 다음은 절대로 찾아오지 않는다. 내가 잘 안다.

"그런데 토베가 왜 여기 있어?"

유키노시타, 유이가하마, 잇시키라는 조합은 이해할 수 있다. 하지만 거기에 토베가 끼면 고개를 갸웃거리게 된다.

"하야마 선배를 부르려고 했는데 대신에 왠지 이 사람이 멋대로 따라왔어요."

"그래. 왠지 멋대로 따라왔지."

잇시키는 내 질문에 습도 0퍼센트로 답했고 유키노시타가 습도 0퍼센트로 맞장구쳤다. 어이쿠, 유키노시타 양 기운을 차렸군요! 날카로움이 돌아왔어요! 날카로운 직구! 몸에 맞습니다!

한편, 벤치 클리어링이 일어나도 이상하지 않을 돌직구에도 토베는 전혀 화난 기색이 없었다. 나를 화나게 하면 대단한 거야[#17]라고 말하는 듯한 여유로움을 보이며 어색하게 아하하

#17 나를 화나게 하면 대단한 거야 일본 프로레슬러 초슈 리키가 인터뷰에서 한 말. 이후 개그맨의 성대모사로 유행어가 됐다.

웃었다.

"아니 그게, 여자끼리만 가면 걱정된다고 하야토가 가보라고 했거든."

"아하……."

"뭐 나도 사실 그런 악질적인 헌팅? 참아주기 힘들지만?"

아무도 묻지 않았는데 토베는 머리를 휙 쓸어 넘기며 왠지 좋은 남자 어필을 시작했다. 이대로 놔두면 『이렇게 날라리처럼 생긴 나지만, 눈앞에서 젊은 형씨가 깡통을 버리길래 주워서 쓰레기통에 처넣었지』처럼 반응하기 힘든 자뻑 트윗을 하는 어른이 될지도 모른다. 아니, 물론 토베는 좋은 사람이긴 하지만…….

그 자리에 있는 아무도 반응하지 못하는데 잇시키가 길게 한숨 쉬었다.

"이렇게 엄청 어필하시더라고요……. 축구부 갔을 때 이야기하지 말고 그냥 라인으로 보낼걸……."

잇시키는 무지막지하게 냉담한 눈빛으로 토베를 흘겼다.

"그런 센 척, 착한 척은 됐어요, 필요 없어요. 그런 거 진짜 별로니까 안 하는 게 좋을걸요?"

"그, 그래……. 으어, 진짜로 한소리 들었네……."

토베는 자꾸 뒷머리를 당기며 「으어……. 워어……」라고 중얼거렸다. 잇시키도 말투는 참 가차 없지만, 무시하지 않고 제대로 반응하는 점이 의외로 착하다고 느꼈다.

그나저나 그런 사정이 있었단 말이지. 경위는 대강 알았다.

아마 잇시키가 축구부에 얼굴을 비쳤을 때 하야마에게 페스티벌 이야기를 꺼내면서 여자끼리는 불안하다는 말을 흘렸겠지. 우리의 하야마 선배님은 그것을 역이용해 상큼하게 웃으면서 그럴 때는 토베가 도움이 된다는 둥 만만한 토베를 팔았으리라. 그 녀석 그런 거 정~말 잘하니까. 그 결과로 그곳에 있던 토베가 교묘하게 자존심과 정의감을 자극받아 이 상황에 이르렀겠지. 착한 사람일수록 이용당하는 더러운 세상…….

내가 요즘 세태를 개탄하는데, 토베를 가엾게 여겼는지 유이가하마가 두둔하고 나섰다.

"너, 너무 그러진 마. 그래두 마음은 고마우니까……."

"그건 그렇지만요……."

당최 변호인지 욕인지 모를 말로 타이르자 잇시키도 마지못해 수긍했다. 우웅, 가하마 말투 너무 별루다☆

"그죠! 고맙죠! 휘유! 믿음직한 남자! 음료수 사주셔서 고마워요!"

하지만 신속하게 코마치가 치켜세운다. 하는 김에 방금 받은 음료수는 토베가 산 것으로 몰고 가려고 했다. 아니, 오빠가 낸다니까? 아무리 그래도 미안하잖아.

그렇게 죄책감을 품은 사이, 그 틈을 노린 것처럼 유키노시타가 헛웃음을 흘렸다.

"어디 사는 누가 군말 없이 따라와 주기만 했어도 토베가 무심결에 상처받지도 않았을 텐데."

"너도 상처 줬거든?"

잊었어? 방금 눈치 없이 따라온 인간 취급해놓고? 그 탓에 왠지 네 몫까지 내가 사과하고 싶은 기분이거든?

죄송합니다, 우리 애들이 나쁜 뜻이 있어서 그런 건 아니고……. 그런 마음을 내비치며 나는 토베에게 고개를 굽신 숙였다.

"어쨌든 미안. 고생시켜서."

"괜찮여괜찮여! ……나, 음악에 취하는 거 좋아하니까."

엄청 재수 없는 얼굴이었다.

"어, 그러냐……. 그럼 됐고……."

괜히 사과한 기분이지만, 지금만은 그 얼굴도 잘난 척도 전부 용서하마. 실제로 프롬 때도 즐거워 보였고, 이런 축제를 좋아하는 것은 사실이겠지.

"하긴 토베는 이런 거 좋아할 거 같아……."

내가 은연중에 「그런데 너희는 아니잖아?」라는 의미를 담아 말하자 눈치 빠른 잇시키가 바로 의문을 풀어줬다.

"향후 이벤트에 참고가 될까 싶어서요. 규모는 다르지만, 뭔가 힌트라도 얻으려고요. 치바는 뮤페로 알아주는 편이잖아요?"

"아, 맞아. 엄청엄청 큰 이벤트두 있구."

고개를 끄덕끄덕하는 유이가하마의 말대로, 사실 치바에서는 제법 큰 음악 라이브가 심심찮게 열린다.

"아…… 그거 말이지, 그거."

나도 끄덕끄덕하며 치바의 음악사에 길이 남을 『엄청엄청 큰 이벤트』의 이름을 꺼냈다.

"……GLAY[#18]의 20만 명 라이브."

"너무 옛날이잖아?! 힛키 몇 살이야……?"

유이가하마가 깜짝 놀랐다. 야 인마, 전설은 시대를 초월한다고. 치바민이 대규모 음악 이벤트를 보편적으로 인식한 계기라니까(본인 조사).

그렇게 장광설을 펼칠까 했지만, 그보다 먼저 유이가하마가 어이없게 어깨를 으쓱했다.

"치바에서 페스티벌이라구 하면 보통 서머 소닉이지. 아니면 카운트다운 재팬?"

"그쪽은 관심이 없어서 잘 모른다만……."

"네……? 그렇게 유명한 걸 모를 리가……."

잇시키는 살짝 의아하게, 아니, 도저히 믿기지 않는다는 투로 말했다. 그 상식이 의심된다는 눈빛에서는 연민마저 느껴져 나는 허둥지둥 반론했다.

"아니, 나도 알아. 알기는 안다고……. 이름만 알고 간 적이 없다는 이야기야. 근처에 살면 오히려 갈 기회가 잘 없더라고. 도쿄에 사는 사람이 도쿄 타워에 안 가는 것처럼."

"그거 완전 공감."

내가 입에서 나오는 대로 변명하자 토베만 팔짱을 끼고 동의해줬다. 다른 인원은 모두 굉장히 회의적인 눈빛을 보낼 뿐이었다. 그들을 대표하는 것처럼 유키노시타가 미심쩍은 표정

#18 GLAY 일본의 록 그룹. 1999년에 단독 그룹 라이브로 20만 관객을 동원하는 세계적인 기록을 남겼다.

으로 물었다.

"네가 애초에 페스티벌을 보러 다니니?"

"페스티벌의 정의에 따라서 다르지만……."

그렇게 말하며 잠깐 생각해봤다. 내가 가본 이벤트에서 페스티벌이라는 이름이 붙은 건 반남 페스[#19] 정도뿐인데. 애니서머[#20]도 페스티벌에 포함되나? 넓은 의미로는 그렇게 부르겠지만…… 란티스 페스티벌[#21]은 페스티벌에 포함되나요? 아차, 페스티벌 맞구나. 이름부터 페스티벌이지. 나는 혼자 결론을 내리고 자신 있게 고개를 끄덕였다.

"제법 가."

유이가하마는 내 대답에 조금 놀라는 표정이었다.

"와, 의외야. 어떤 데 가?"

"얼마 전에도 다녀왔어. 도쿄돔에서 이틀 동안 하는 거."

"도쿄돔에서 이틀…… 우와."

"대단한 뮤지션이었나 보구나."

유이가하마와 유키노시타가 감탄조로 말했다.

그럴 테지. 도쿄돔은 일본 최강의 공연장 중 하나다. 수용인원 5만 5천 명을 자랑하는 그곳에서 라이브를 하는 자야말로 최강의 뮤지션.

나는 그 추억을 되새기며 답했다.

"그렇지. 누가 뭐래도 이틀째는 아이카츠였으니까……."

#19 반남 페스 반다이남코 엔터테인먼트에서 개최하는 애니메이션, 게임 음악 콘서트.
#20 애니서머 애니멜로 서머 라이브: 일본 최대 규모의 애니메이션 음악 콘서트.
#21 란티스 페스티벌 란티스와 반다이남코 아츠가 주최하는 음악 콘서트.

그건, 정말이지, 아름다웠어…….

도입부터 아오이 짱의 내레이션이 들렸을 때는 소름이 돋았다. 그리고 거기서 아이카츠 시스템 BGM이 깔리는 거야. 심지어 첫 곡이 다이아몬드 해피. 그 뒤에 『반짝임의 에튀드』로 뇌수 흘리고 승천하나 싶었는데 『스타트 대시 센세이션』이 나와서 그 자리에 쓰러졌지. 앉아 있었지만. 이틀째는 아이돌 축제라는 콘셉트였는데, 이날 다역 캐스트가 아주 자연스럽고 멋지게 노래를 이어가는 연출은 거의 기적이었다. 우리는 종교관의 차이를 초월해 새 시대의 라이브 엔터테인먼트가 도래했다고 절실히 느꼈다니까. 대박. 뭐야 이거, 완전 대박, 대애애박…….

나는 너무나도 대박인 대박 추체험에 빠져 「대박…… 대박…… 대, 대박……」이라고 중얼대는 대박bot으로 전락했다. 방심하면 이틀째의 좋았던 점을 구구절절 읊을 뻔했다.

하지만 그런 소리는 트위터의 라이브 후기에나 쓸 수 있는 내용이며 입으로 떠들면 뇌를 거치지 않고 척수반사로 대박이라고 지껄이고 말 것이다.

"오빠가 말하는 반남 페스 추억담은 무시하시고…… 다른 분들은 페스티벌 자주 가요?"

한편, 대박대박 열매를 먹고 대박대박을 연발하는 대박 인간을 무시하고 코마치가 이야기를 진행했다.

"남들만큼은 가는 편이죠~."

"나두 친구 따라서 가거나 해."

"그러취! 나도 그런 타입~."

"재즈 콘서트에 가본 적은 있어. 옛날 가족끼리 크루징을 갔을 때 선상 콘서트가 있어서."

"아~ 가라앉아도 마지막까지 대피 못 하는 사람들."

"유이 언니, 그건 타이타닉 아닌가요……?"

"그래도 콘서트랑 라이브는 느낌이 좀 다르네요."

"그래. 그래서 라이브는 어떻게 즐겨야 할지 모르겠어."

"앗, 그건 우리 오빠 전문이에요. 그치, 오빠!"

"응."

갑자기 불린 나는 대박 추체험을 즉시 중단하고 자신 있게 대답했다.

"듣구 있었어?!"

"나는 언제 어디서 뭘 하든 코마치 목소리만은 놓치지 않거든. 한술 더 뜨면 코마치 목소리 말고는 하나도 안 들었지."

그러자 코마치가 기쁘게 활짝 웃었다.

"와아, 소름 끼쳐♪"

그리고 심한 말을 했다.

"정말로 소름 끼치는구나……."

유키노시타는 웃음기조차 없이 제법 진심으로 말을 내뱉었다. 으음, 그 직설적인 매도, 제법 마음을 후벼파는구만……. 정색은 하지 말자, 정색은.

순식간에 현실로 되돌아온 김에 화제도 정상 궤도로 되돌리기로 했다. 나는 목을 가다듬는 척 뜸을 들이고 라이브를 즐기는 방법을 전수했다.

"……라이브란 건 어렵게 생각할 필요 없어. 처음에는 베가 자세[#22]로 남친 흉내만 내면 돼."

하지만 내가 설명한 순간 유키노시타의 표정이 당혹스럽게 일그러졌다.

"베, 가……? 응? 뭐라고?"

제대로 알아듣지 못한 유키노시타에게 내가 다시 말해줬다.

"베가 자세 남친 흉내라고."

"다시 들어두 모르겠어!"

유이가하마는 당고머리를 만지작거리며 소리쳤다. 역시 초보에게는 조금 어려운 용어였나……. 나는 다시 뜻이 전달될 만한 단어를 찾았다.

"……그래, 그거라면 알기 쉽겠지. 옛날 남친 흉내."

"모르겠다니까! 아니, 말뜻은 알지만…… 이해를 못 하겠어. 대체 왜 라이브에서 남친 흉내를……."

유이가하마는 슬슬 이해하기를 포기한 눈치였다. 하지만 끙끙 소리를 내는 유이가하마 옆에서 잇시키가 흥미를 보였다.

"그래도 듣고 보니 관심이 생기네요. 얼마나 꼴 보기 싫은 얼굴로 자아도취에 빠져 있을지."

"으아, 이 사람 말 심하게 하네. 그치만 코마치도 궁금하긴 해요."

#22 베가 자세 게임 『스트리트 파이터』 시리즈의 캐릭터 베가. 발뒤꿈치를 붙이고 팔짱을 낀 자세가 트레이드마크.

"그렇구나. 그럼 어떤 느낌인지 시범을 보여주렴."

"아니, 딱히 어려운 게 아니야. 그냥 대충 이런 식으로……."

그러면서 나는 슬그머니 팔짱을 끼고 삐딱하게 서서 먼 곳을 바라봤다. 그 눈은 지금 이곳이 아니라 형이상의 아이돌을 바라보고 있었다.

나에게만 보이는 무대, 빛의 저편을 바라보며 나는 잔잔히 미소 짓고 천천히 고개를 끄덕거렸다.

안다. 나만은 안다. 너에 관해서. 진짜 네 모습을, 나만은……. 그렇게 속으로 읊조리면서.

그 순간 모든 소리가 멀어진다.

총 다섯 명의 끔찍한 침묵이 깔리지만, 그래도 나는 아랑곳하지 않고 고개를 끄덕였다.

그리고 나는 형태 없는 상상 속 아이돌에게 마음속으로만 말을 걸었다.

……그래. 너는『네가 있고 싶은 곳』을…… 찾았구나. ……그 시절보다 훨씬…… 훨씬 빛나고 있어.

있지도 않은 나와 아이돌의 과거를 생각하며 그것을 먼 옛날에 잃은 것처럼 자조적으로 웃었다. 그러다가 길게 한숨 쉬고 고개를 절레절레 저었다.

아련한 눈으로 앞을 보면서 후회에 젖은 한심한 미소를 짓는다. 그리고「괜찮아. 제일 뒷자리에서 지켜보고 있어……」라고 입속으로만 대답하며 고개를 한 차례 끄덕했다.

하지만 그런 베가 자세 남친 흉내를 결국 참지 못한 잇시키가 고속으로 고개를 저었다.

"미쳤어미쳤어미쳤어."

게다가 코마치와 유이가하마도 덩달아 이건 정말 아니라는 듯 고개를 휙휙 저었다.

"그만그만그만."

"소름소름소름."

"대박대박대박."

하지만 나에게만은 진실이 보인다. 온갖 야유가 대합창을 이루어도 나는 지지 않고 홀로 대박을 부르짖었다. 이런 보이지 않는 것을 보려고 하는 것은 나와 범프 오브 치킨[#23]과 약물 중독자뿐이겠지. 지극히 건전한 유이가하마가 질색하며 소리쳤다.

"뭐가 대박이야?!"

"보는 사람은 멋대로 황홀경에 빠지니까 괜찮아."

그렇다. 페스티벌도 라이브도 중요한 점은 자기가 즐기느냐 마느냐 하나뿐이다.

내가 절실한 심정으로 호소하자 유키노시타가 질색을 넘어 당혹스럽게, 아니, 아예 걱정을 하며 물었다.

"……너는 그게, 즐겁니?"

깨지기 쉬운 유리라도 만지는 듯 조심스러운 음성. 그것은 흡사 침묵이 내리깔린 식탁에서 어머니가 용기를 쥐어짜서 말하는 「……요즘 학교생활, 재밌니?」와 아주 닮았다. 걱정스

#23 범프 오브 치킨 일본의 록 밴드. 앞부분은 노래 「천체 관측」의 가사.

러운 얼굴로 그렇게 물으면 나도 진지하게 답할 수밖에 없다.

"어……? 당연히 즐겁지. 다들 떠드는데 나만 다르다는 느낌이 들어서 끝내줘. 옛날 남친 흉내를 낼 때는 신카이 마코토 작품의 주인공이라도 된 기분이야. 머릿속에 야마자키 마사요시[#24] 노래가 자동으로 깔린다니까."

"머릿속 노래 말고 라이브 노래를 들으렴……."

유키노시타는 두통을 참는 것처럼 관자놀이를 지그시 누르며 어이없게 한숨 쉬었다.

흠, 이해하지 못하나……. 라이브에서 정신없이 떠들어대는 군중을 내려다보는 그 느낌이 우월감을 줘서 대박인데 말이야.

나 혼자만 팬을 초월한 이해자의 경지에 올랐다는 얼굴을 할 때만큼 최애와 마음이 이어졌다고 느끼는 순간도 없다. 나는 그런 깊은 부분에서 다른 팬과 나를 차별화해서 더 고차원적인 즐거움을 향유할 줄 아는 남자다.

그렇지만 그 부분을 이해받기는 어렵지 않나 싶다. 유이가하마는 멍하게 입을 벌렸다가 불쑥 중얼거렸다.

"하나두 모르겠어…… 소름끼쳐."

"소름…… 저기요."

정색하지 말라니까? 지금 살짝 마음속 깊은 곳에서 우러나온 말처럼 들렸거든?

하지만 정색한 것은 유이가하마만은 아니었다. 유키노시타

#24 야마자키 마사요시 애니메이션『초속 5센티미터』의 주제가로 사용된「One more time, One more chance」를 부른 가수.

도 진심으로 걱정스럽게 물었다.

"너 항상 그러고 다니니? 괜찮아? 아침저녁으로 약은 잘 챙겨 먹니?"

"라이브 보면 뇌내 마약으로 행복해지니까 필요 없어."

"행복이 불행일 때도 있구나……."

유키노시타가 나를 바라보는 눈초리가 묘하게 다정했다. 임종을 지켜보는 것 같은 처연한 따스함이었다.

그런 초상집 분위기 속에서 잇시키가 한심하다는 듯 한숨 쉬었다.

"더 알기 쉬운 방법은 없어요?"

대단히 지긋지긋한 말투에 더 들어주기 힘들다는 표정이었다.

더 알기 쉽게 말하라고? 내 딴에는 가장 알기 쉽고 감성적으로 페스티벌을 즐기는 방법을 소개했는데……. 아마 더 일반적인 감성에 맞추라는 요청이겠지.

"익숙해지면 콜을 외우게 되니까 같이 소리치면서 놀면 돼."

"콜?"

익숙하지 않은 용어였는지, 유키노시타는 고개를 갸웃거렸다. 그러자 토베가 고개를 끄덕끄덕하며 뭔지 알겠다는 듯 끼어들었다.

"콜이라면 그거 아녀? 바~닐라 바닐라 바~닐라[#25] 훗후~! 같은 거?"

#25 바~닐라 바닐라 바~닐라 풍속점 관련 구인 정보 사이트 「바닐라」의 광고 노래. 광고 트럭을 이용한 시끄러운 노래로 유명세를 탔다.

"아니야."

아니, 리듬이 비슷하다면 비슷하지만 전혀 다르다. 그리고 요즘은 바닐라 트럭도 잘 안 보이는데 그걸로 전해지겠냐……. 아 그거, 하면서 알아듣는 사람도 있지만 못 본 셈 치자.

"콜이란 건 응원용 추임새야."

그렇게 운을 뗐으나, 막상 설명하자니 쉽지 않았다.

요컨대 위닝 라이브#26에서 「우마뾰이! 우마뾰이!」 외치는 거라고 설명해서 통하면 편하겠지만, 솔직히 어렵겠지. 그건 보면 눈물 나서 콜할 겨를도 없고……. 우마뾰이로 우는 날이 올 줄은 생각도 못 했어……. 아니, 그 이야기는 일단 넘어가고.

"유명한 걸 꼽자면…… 하이 세~노! 하~이 하~이 하이하이하이! ……뭐 이런 거."

머리를 굴린 끝에 일단 가장 알기 쉬운 예시를 들자 유이가하마와 잇시키가 오오, 하며 이해를 표했다.

"아, 들어본 기억 있어……."

"아이돌 라이브에서 하는 그거죠?"

"오, 이로하 선배, 혹시 아이돌 좋아하세요?"

"라이브에 갈 정도는 아니고, 그냥 얼굴 반반한 여자애는 좋아하니까."

"정말 말투 너무하네……."

코마치와 잇시키가 아이돌 논쟁을 펼치는 가운데, 유키노시타는 혼자 골똘히 생각에 빠져 있었다.

#26 위닝 라이브 게임 『우마무스메 프리티 더비』에서 레이스 후에 열리는 축하 공연.

"노래를 들으러 왔는데 관객이 소리를 쳐? 신기한 문화구나."

"응원의 의미가 강해. 물론 해도 되는 곳과 그렇지 않은 곳이 있으니까 제대로 분위기를 보고 판단해야 하지만……."

콜에 대한 생각은 사람마다 다르다. 라이브에 방해된다고 생각하는 사람이 있는 반면, 반대로 콜을 포함해 분위기 띄우기를 중시하는 사람도 있고, 곡에 따라서 다르다는 의견도 있는 등 굉장히 민감한 문제다. 참고로 이 부분은 주최 측에서 명확한 규칙을 설정하는 경우도 있으므로 참가할 시에는 관련 규정을 확인할 것을 추천한다.

그렇게 장광설을 펼쳐도 되겠지만, 그보다도 중요한 사실이 딱 하나 있다.

"극단적으로 말하면, 라이브는 남에게 피해를 주지 않는 한 어떻게 즐겨도 상관없어."

결국 출연자도 관객도 즐겁고 쾌적한 시간을 보내는 것이 최우선. 그것이 절대적인 철칙이라고 해도 과언이 아니다.

내 목소리에 묘한 감정이 실리고 말았지만, 그만큼 설득력도 생겼다. 유키노시타는 동그랗게 뜬 눈을 두어 번 깜빡이다가 미소를 머금었다.

"그래. 어떤 느낌인지는 알겠어."

이해한 유키노시타가 콧숨을 내쉬고 고갯짓했다.

한편, 옆에 있는 잇시키는 조금 성격이 다른 콧숨을 내쉬고 있었다.

"그치만 자유가 제일 어렵단 말이죠. ……에효, 이벤트 정말 어떡하지."

의외로 성실하게 고민하는 것 같아서 나도 함께 머리를 굴려봤다.

자유롭게 즐겨도 된다는 것은 어디까지나 관객의 마음가짐이다. 기획자, 운영자는 그들과는 다른 관점에 서야 한다. 어떻게 즐길지는 여러분 자유입니다! 라고 말하면 듣기는 좋지만, 사실 손님에게 전부 떠넘기겠다는 말이나 다름없다. 어떻게 즐거움을 제공할까, 어떤 부분을 즐겨줬으면 하는가, 어떻게 쾌적한 시간을 보내게 하는가, 그런 요소를 생각할 필요가 있는 것이다.

기획자 입장에서 보면 이 대규모 페스티벌에서도 어떤 힌트를 얻을 수는 있겠지. 예를 들어 이 휴식 공간은 꼭 도입하고 싶은 요소 중 하나다. 문화제에도 휴게소가 있으면 편하겠지……. 가능하면 모든 반을 휴게소로 만들어도 될 정도다. 그러면 학급 단위로 귀찮은 짓 안 벌여도 되잖아.

이렇게 서비스 정신에서는 참고할 부분이 있으나, 그것도 이벤트의 내용이 정해졌을 때의 이야기다.

"그보다 그 이벤트가 대체 뭐야?"

그러자 잇시키가 검지를 아래턱에 대고 생각에 잠긴 채로 설명했다.

"내년 봄쯤에 학생회 주최로 졸업이나 입학 축하 이벤트를 열고 싶어서요. 화끈하게 놀면 좋잖아요? 어차피 학교 돈인데 안 쓰면 손해고요~."

"우와, 이 사람 너무하네……. 기획 이유가 너무 쓰레기 같아……."

너무나도 너무한 이유를 듣고 코마치가 식겁해서 말하자 잇시키가 입술을 삐죽였다.

"괜찮거든요~ 우리 학교는 공립이고 세금은 원래 내 돈이거든요~."

"우리 돈이잖니……."

유키노시타가 당혹스럽게 말하고 유이가하마는 씁쓸하게 웃었다. 단 한 사람, 토베만은 이로하스의 반응이 예상 범주인지 태연하게 받아들였다. 벌써 익숙해졌구만.

그건 그렇고 이벤트 시기는 제법 어려운 문제다.

"흠, 봄이란 말이지……. 기왕 한다면 졸업에 맞추는 편이 좋겠지."

"그런가요?"

"그래. 입학은 좀……."

내가 말끝을 흐리자 잇시키는 고개를 갸우뚱했다.

"입학이 왜요?"

"신입생은 그런 자리가 어색할 테니까. 그래서 대부분 사고를 치지. 입학하자마자 바로 사고를 치면 향후 학교생활에도 영향을 끼쳐."

특히 입학식 직후는 가장 예민한 시기다. 첫 단추를 잘못 끼우는 게 가장 치명적이다. 커뮤니티에 막 들어온 시기라서 생활의 기반이 되는 교우 관계도 아직 다져지기 전이고 학교에 대한 애착도 약할 때다. 일시적인 수치를 참지 못하고 자퇴 스피드런을 하게 될지도 모른다. 내가 잘 안다.

하지만 너무 잘 알아도 탈이다.

"말의 무게가 달라!"

유이가하마가 격하게 수긍해댔다.

"그렇지? 입학 직후 자기소개도 마찬가지야. 거기서 실수하면 정말로 위험해."

"그거 엄청 중요하쥐! 뭐라고 하더라? 좀 전 무대도 그렇잖아, 등장할 때의 임팩트? 그거 완전 중요하니까."

토베가 나를 척 가리키며 공감했다.

뭐, 페스에 출연하는 거물 뮤지션의 MC와 입학 자기소개를 동일선상에 두고 이야기하기는 조금 그렇지만, 임팩트가 중요하다는 점은 어느 쪽이건 마찬가지였다.

그 이야기에 우울한 낯빛을 보인 사람이 있었으니, 바로 우리 학교 입학을 앞둔 코마치였다.

"코마치, 자신 없어요……."

"그래? 코마치라면 괜찮을 거 같은데."

불안해 보이는 코마치에게 유이가하마가 뜻밖이라는 표정을 지어 보였다.

하기야 그렇지. 코마치 정도 되는 소통의 달인에게 자기소개쯤 누워서 떡 먹기일 것이다. 대체 무엇이 그리 걱정일까?

나도 신기하게 생각하며 바라보니 코마치는 눈망울을 글썽거리며 유이가하마에게 찰싹 매달렸다.

"아뇨, 자신 없으니까 유이 언니가 먼저 시범을 보여주세요! 페스티벌처럼! 아까 나온 아이돌 언니처럼!"

"어, 뭐?"

뜬금없는 막무가내 부탁에 유이가하마는 갈팡질팡 어쩔 줄 몰랐다.

아하, 코마치의 노림수는 이건가. 페스티벌의 열기에 취해 놀리려는 거군…… 그렇게 생각하는데 그것을 본 잇시키도 씩 웃었다.

"앗, 좋네요. 그럼 자기소개 부탁드려요."

"그래. 유이가하마라면 잘할 것 같아. 보여주는 게 어떠니?"

설상가상으로 유키노시타까지 입을 손으로 가리고 키득 웃더니 가세했다. 더불어 토베가 손뼉을 치며 부추기자 도저히 뺄 수 없는 분위기가 조성됐다.

"어…… 으, 응. 알았어……. 페스티벌처럼, 아까 아이돌처럼……."

그리고 유이가하마는 눈썹을 내리뜨고 눈을 감았다. 그리고 침음하면서 무슨 생각에 빠졌다. 뭐라고 주절대는 것을 보건대 방금 출연했던 아이돌의 자기소개를 떠올리는 모양이었다.

곧 이미지가 완성됐는지 유이가하마는 눈을 번쩍 떴다. 그리고 활짝 웃음꽃을 피우고 몸짓 손짓까지 넣어가며 큰소리로 외쳤다.

"여러부운! 야헬롱~! 그럼 모두 함께 인사해요! 야헬롱~!"

그리고는 손을 귀에 대고 청중의 호응을 기다렸다.

그런 식으로 기다리면 우리도 답하지 않을 수 없었다. 제대로 「야헬롱~!」이라는 반응이 돌아오자 유이가하마는 흡족하게 고개를 끄덕끄덕한 뒤 손을 흔들었다.

"네, 여러분 고마워요~! 언제나 큐트, 가끔은 섹시, 테마 컬러는 머리부터 발끝까지 핑크! 인사 담당 유이퐁이에요!"

큐트하게 뺨에 손을 대고, 섹시하게 허리를 짚고, 뺨의 손을 빙글 돌리고 경례 척. 쓸데없이 완성도가 높은 아이돌 포즈였다.

"오~ 대단해. 진짜 이 사람은 여우다, 여우."

잇시키가 건방지게 감탄하며 짝짝 박수를 보냈다. 그러자 목소리 탁한 갈채와 이상하게 굵은 성원이 이어졌다.

"크아~! 토우토미 히데요시[#27]~!"

"유이퐁~!"

"지금 오타쿠가 두 명 보였는데……."

오타쿠 두 명…… 토베와 코마치의 그럴싸한 리액션에 잇시키가 눈살을 찌푸렸다. 특히 얼굴을 구기고 굵은 목소리를 내지르는 코마치를 보는 눈에는 경멸이 그득했다.

이 사람들 왜 이러냐는 눈치로 나를 슬쩍 돌아보지만, 나는 그럴 겨를이 아니었다.

"……어, 엇, 잠깐만, 무, 무리야, 괴로워, 무리 귀여워……."

무심코 무지막지 작은 소리로 중얼거렸다.

어, 어, 잠깐. 뭐야, 방금 그거? 잠깐만, 안 돼. 언제 프로로

#27 토우토미 히데요시 최고라는 뜻의 토우토이(尊い)와 도요토미 히데요시를 섞은 말장난.

데뷔해도 이상할 게 없잖아. 그래, 바로 이거야. 아이돌 라이브를 보러 오는 사람은 이걸 원하는 거라고. 오늘부터 유이퐁 민다.

그렇게 속사포처럼 조잘대는 나에게 잇시키는 혐오스러운 시선을 쏟아 부었다.

"오타쿠 세 명째……."

이 인간은 글렀다는 체념의 표정을 지은 잇시키가 마지막 희망을 찾아 유키노시타에게로 눈을 돌렸다.

"거기선 인사 담당보다 야헬롱 담당이 좋겠구나."

"그리고 옆에는 프로듀서……."

하지만 잇시키의 기대는 무너졌다. 유키노시타는 팔짱을 끼고 프로듀서 행세를 하며 자기 입맛대로 프로듀싱하고 있었다. 심지어 유이가하마도 아이돌 연기에 완전히 몰입해서 진지하게 귀를 기울였다.

"음, 그래두 야헬롱이 인사인데……."

"처음 듣는 사람은 못 알아들을 수 있잖니? 익숙한 우리는 알지만, 다른 사람은 괴성을 지른다고 생각할 수 있어. 동물 울음소리 같기도 하고."

"그런 식으루 생각했어?!"

"아, 물론 귀여운 울음소리라고 생각해. 무척 귀여운 울음소리."

"변명도 형편없어!"

유키노시타는 미안한 기색도 없이 빙그레 미소 지었지만,

유이가하마 말대로 정말로 변명 같지도 않은 변명이구만……. 울음소리가 귀여워요! 라는 캐치프레이즈는 애완동물 가게의 조류 코너에서나 들을 말이라고…….

잇시키도 보다 못해 어깨를 으쓱이며 한마디 거들었다.

“솔직히 지금은 유키노 선배가 잘못했네요. 직접 시범을 보여주시면 어떤가요?”

“응?!”

잇시키가 능청스럽게 폭탄을 떠넘기자 유키노시타가 굳어버렸다. 돌아보니 잇시키의 입매가 아주 밉살스레 히히거리고 있었다.

“아, 나두 보구 싶어. 와아, 짝짝짝.”

“짝짝짝짝.”

유키노시타가 당황하든 말든 유이가하마와 코마치가 이 순간을 기다렸다는 것처럼 멋진 연계 플레이로 박수를 보냈다. 유키노시타도 방금 장난에 가담하고 프로듀서 흉내까지 낸 입장상 차마 거절하지 못하는 눈치였다.

“아, 그…… 페, 페스티벌처럼? ……아이돌처럼?”

유키노시타는 중얼중얼하며 머리를 감쌌다.

잠깐잠깐, 다들 장난이 심하시네. 유키노시타를 너무 놀리지들 마세요. 이런 거 못 하는 성격인 줄 알면서……라고는 말할 수 없었다. 사실 좀 보고 싶어.

모두의 기대가 집중되는 가운데, 유키노시타는 난감해서 고개를 숙이면서도 앞머리를 쓸어 정리했다. 그리고 살며시 눈을 감고 작게 숨을 내쉬어 조금씩 결의를 다져갔다. 볼이 발그레 물들고, 곧 촉촉이 젖은 눈을 떴다.

"여, 여러분~! 반가워요, 검은 생머리는 지성의 증거……. 테, 테마 컬러와 마음은 블루. 쿨 담당 유키농이에요……."

유이가하마가 한 인사를 오마주한 것 같은 멘트. 그리고 윤기 흐르는 검은 머리를 턴 손을 살포시 가슴에 대고 잔잔히 미소를 지어 보였다. 쿨이라고 부르기에는 너무나도 큐트한 아이돌 흉내에는 어딘지 모르게 패션[#28](passion)이 느껴졌다.

"오, 오오……."

얼굴을 넘어 귀까지 빨갛게 익은 유키노시타의 자기소개를 감상하고 그 자리는 조용히 끓어올랐다.

모두 할 말을 잃고 넋 놓아 바라보자 그 침묵을 무반응으로 해석했는지 유키노시타는 견디다 못해 어깨를 바들바들 떨었다. 그리고 그렁그렁한 눈망울로 우리를 원망스럽게 보고는 잘근 깨물었던 입술을 내밀고 힘없이 고개 숙였다.

"……죽고 싶어."

기어드는 목소리는 목이 잠긴 것처럼 뚝뚝 끊겼다. 그 풋풋하고 가녀린 모습에 모두 번쩍 정신을 차렸다. 그 와중에 나는 심장이 멎는 고통을 맛봤다.

"아니, 진짜인 줄 알았잖아!"

"엄청 귀여워! 사랑해!"

#29 쿨이라고~패션 게임 『THE iDOLM@STER』에서 아이돌은 쿨, 큐트, 패션 세 가지 속성으로 나뉜다.

토베가 아낌없이 박수를 보내고 유이가하마는 유키노시타를 와락 끌어안았다.

갑자기 안겨 당황하면서도 유키노시타는 마침내 안도의 숨을 폭 내쉬었다. 굳었던 표정이 풀리자 그녀는 낯간지러운 마음에 몸을 꼼지락대면서도 쑥스럽게 웃어 보였다.

"그, 그랬니……."

"맞아요! 『여우짓 하고 있네, 진짜 더럽다』라고 생각했는걸요!"

"으아, 이 사람은 저걸 칭찬이라고 하나. 그래도 엄청 귀여웠어요! 그치, 오빠!"

잇시키의 막말도, 코마치가 나를 부르는 소리도, 모두 멀게 느껴졌다.

침묵을 지키는 나를 코마치가 의아하게 쳐다봤다.

"……오빠?"

하지만 그 말에 대답하는 사람은 없었다.

그저 하얗게 불탄 시체가 있을 뿐이었다. 코마치는 그 시체의 어깨를 살며시 흔들었다.

반응이 없다. 그냥 시체인 것 같다.[#29]

"주, 죽었어……."

히키가야 하치만. 향년 17세.

사인은 심쿵사였다.

"오, 오빠—!"

#29 반응이 없다. 그냥 시체인 것 같다. 게임 『드래곤 퀘스트』 시리즈에서 시체를 조사하면 나오는 문구.

코마치는 비통하게 소리치면서도 내 몸을 흔들었다.

"……헉!"

그 덕에 가까스로 의식이 돌아왔다.

위험해라, 뭔가 굉장히 숭고한 것을 보고 하마터면 죽을 뻔했다. 삼도천 너머에서 아직 정정한 할아버지, 할머니가 바이바이 하고 손을 흔들고 있었다. 좀 붙잡으면 덧나냐고…….

정말 위험하네. 이런 일로 죽을 정도면 앞으로 목숨이 아무리 많아도 모자라겠다. 내 인생, 스펠렁커였나.

한숨을 푸 쉬며 이마에 맺힌 땀을 닦고 아무 일도 없었던 것처럼 연기했다.

"……그래서 무슨 이야기였더라?"

"입학할 때 자기소개 하는 법이요."

내 추태를 낱낱이 지켜봤던 잇시키는 약간 기막혀하며 알려줬다.

나는 정신을 똑바로 차리고 팔짱을 꼈다.

"아, 그거 말이지? 그런 자기소개는 오래 떠들면 안 돼. 최대한 간결하게 끝내는 게 이상적이야."

막힘없는 설명에 코마치는 흥미를 보였다.

"오호라. 그 이유는?"

"이유는 아주 간단해. ……말 많은 커뮤증[#30]이 제일 짜증나."

커뮤증은 비단 말을 못 하는 인간만을 지칭하지 않는다. 사회성과 의사소통 능력이 부족한 자의 총칭이다. 개중에는 묻

#30 커뮤증 다른 사람과 대화하는 것이 어려운 대인공포증의 일본식 표현이다.

지도 않은 말을 신나게 떠드는, 이상하게 말 많은 커뮤증도 존재한다. 말 많은 커뮤증에도 종류가 있어서 단순히 분위기 파악을 못 하고 쓸데없는 소리를 하는 아이가 있는가 하면, 자기 이야기를 떠벌리고 싶어 하는 자랑질 허세충도 있고, 긴장하면 말수가 많아지는 부끄럼쟁이도 있다.

그런 말 많은 커뮤증에 비하면 아무것도 들리지 않는 망가져가는 뤠이디오[#31]는 그나마 나은 편이다. ……그런데 아무것도 들리지 않으면 망가져가는 게 아니라 이미 망가진 거 아닌가?

내가 지론을 펼치자 유키노시타는 아주 깊이 공감하는 표정으로 고개를 끄덕이고 부드럽게 미소 지었다.

"알기 쉬운 자기소개구나. 다음부터는 이름을 먼저 말하는 게 좋을 거야."

"충고 고맙다. 누구 거울 가진 사람?"

얘한테 좀 빌려주라는 눈으로 돌아보자 유이가하마가 당황하면서 변호하려고 했다.

"아냐, 괜찮아! 유키농두 사실 비슷하니까!"

그 말이 못마땅한 유키노시타는 얼굴이 부루퉁했지만, 그런 귀여운 표정 지어도 안 봐줍니다. 반성하세요. 물론 나도 반성이 필요하다는 점은 부정할 수 없지만.

좌우지간 요는 이거다. 말할 때는 객관적으로 자신을 통제해야 한다는 것이다.

그러지 않으면 나중에 냉정하게 돌이켜봤을 때 죽고 싶어지

#31 아무것도~뤠이디오 도쿠나가 히데아키의 노래 『망가져가는 Radio』의 가사 패러디.

니까! 아, 생각하니까 죽고 싶어졌다.

부지불식간에 내 시선이 내려간다. 시야 한쪽 구석에서는 코마치가 뭔가 생각에 빠져 있었다.

"아하, 말할 내용의 취사선택이 중요하다는 뜻이네요. 그렇지만…… 구체적인 예시를 보지 않고서는 잘…… 힐끔."

코마치는 일부러 힐끔이라고 말하면서 나를 봤다. 못 들은 척하고 나는 과장스럽게 휘파람을 삑삑 불었지만, 코마치는 끈질기게 힐끔, 힐끔힐끔……이라고 중얼대며 내 소매를 꾹꾹 당겼다.

"오빠도 한번 해봐. 두 사람만 하면 불공평하잖아."

"네가 시켰잖아……."

내가 따져도 코마치는 데헷☆ 웃으며 머리를 콕 쥐어박을 뿐이었다. 어쩌면 장난으로 유이가하마와 유키노시타에게 창피를 줬다는 죄책감 때문인지도 모른다.

하지만 그러면 네가 하면 되잖아? 그래도 동생이 부탁하면 웬만하면 다 들어주는 오빠가 나다. 우리 코마치, 사람 다룰 줄 아네!

그런 시답잖은 생각을 하는 사이에도 뺄 수 없는 분위기가 형성되어 갔다.

유키노시타는 지켜보겠다는 식으로 팔짱을 꼈고 유이가하마는 박수를 쳤으며 코마치는 초롱초롱한 눈빛을 보냈고 토베는 그냥 토베였다. 그들을 대표하는 것처럼 잇시키는 크흠 헛기침하고 손으로 나를 가리켰다.

"그럼 자기소개 부탁합니다."

"으윽…… 정 그렇다면, 좋아."

유이가하마와 유키노시타가 그렇게 용기를 쥐어짰다. 나도 해야겠지. 뭐, 사실 가하마 양은 제법 즐기는 눈치였지만.

어쨌거나 나도 머지않아 고3이다. 초등학교부터 계산하면 지금까지 약 열 번은 신학기 자기소개를 할 기회가 있었다. 그 경험을 바탕으로 말하자면 자기소개에 실패하는 원인은 80퍼센트가 긴장이다.

괜히 웃기려고 하지 말고, 그렇다고 너무 무미건조하지도 않게. 꾸밈없는 나를 있는 그대로 설명하는 것이 중요하다.

그러므로 나는 형이상의 입학식을 마치고 형이상의 초면 아이들에게 흠잡을 곳 없는 자기소개를 시작했다.

"내 이름은 히키가야 하치만……."

"무슨 주인공 같은 자기소개네요……."

내 성명을 듣고 미심쩍은 표정을 짓는 잇시키.

"어디에나 있는 평범한 고등학생이다."

"주인공 맞구나……."

내 설명을 듣고 눈살을 찌푸리는 유키노시타.

"언제나 똑같은 지루하고 평화로운 일상을 보내고 있지."

"주인공이야……."

내 설정을 듣고 어색하게 웃는 유이가하마.

"……그런데 어느 날 갑자기 신비한 요정 보치롱을 만나고 입학하자마자 외톨이(ぼっち, 봇치)?! 나 앞으로 어떻게 되는 거야?!"

"프리큐어야?!"

유이가하마는 놀라움 50, 실망 50, 거부감 100으로 총 200퍼센트의 감정을 실어 소리쳤다. 아니, 자기소개는 원래 이렇게 하잖아. 매화 오프닝 전에 하던데?

그렇게 설명할 틈도 없이 잇시키가 이건 아니라는 듯 가슴 앞에서 손을 휘휘 저었다.

"지금 그거, 신비한 요정 어쩌고는 필요 없잖아요."

계속해서 유키노시타가 싱긋 미소 지었다.

"어떻게 되는 거야, 가 아니라 머리가 어떻게 됐구나."

"가차 없어!"

가하마 양 말대로 너무 가차 없는 평가를 받았다. 너무 신랄해서 토베도 뜨악하며 말을 잇지 못했다.

한편, 무리수를 강요한 코마치는 어째선지 흡족하게 고개를 끄덕이고 있었다.

"오빠 소개는 솔직히 말해서 못 들어주겠지만, 그래도 참고는 됐어요! 코마치, 고등학교에 가서도 잘할 수 있을 거 같아요!"

그러면서 파이팅 포즈를 잡았다. 엥~? 증말루~? 지금 자기소개를 어떻게 참고할지 심히 걱정되는데?

그런 나의 불안을 아는지 모르는지, 코마치는 새로운 출발에 기대를 부풀리고 있었다.

"마침내 코마치도 유키노 언니랑 유이 언니의 후배네요. 너무 기대돼요~!"

"나두 기대돼~!"

"그래. 학교에서 기다릴게."

세 명이 꺄르륵거리는 모습을 잇시키가 어째 못마땅하게 바라봤다.

"큭…… 내 후배 포지션이……."

혼자 엉뚱한 걱정을 하는 잇시키를 토베가 위로했다.

"뭐 어때. 후배가 생기면 좋은 거지. 역시 의지 받으면 나도 의욕이 생긴달까? 뭐라고 하면서도 귀엽잖어~. 밥도 사줘 버리잖어~."

토베는 뒷머리를 탁 털며 잘난 척 선배 행세였다. 하지만 토베만큼 어울리기 쉬우면 후배로서 고맙기도 할 것이다. 의외로 정말 좋은 선배일지도 모르겠다.

……라고 생각했는데 아니었나 봐! 잇시키는 차게 식은 눈길과 낮게 깔린 목소리로 매정하게 잘라 말했다.

"하아, 토베 선배가 만만하니까 벗겨 먹는 거죠."

그 순간, 토베의 동작이 우뚝 멎었다.

"헐? 진짜로?"

"진짜로."

"……뜨허."

잇시키가 들이민 날카로운 진실에 토베는 할 말을 잃고 뒷머리만 탁탁 튕길 수밖에 없었다. 으, 응. 그런 점도 포함해서 좋은 선배라고 생각해……. 그렇지 않고서야 이로하스도 이렇게 막말을 내뱉지는 못하겠지. 그만큼 마음을 열었다는 뜻 아닐까…….

그렇게 감싸줘야 하나 망설이는데 대뜸 코마치가 나에게로 빙글 돌아섰다. 그리고 잇시키를 향해서 상큼발랄하게 웃어 보였다.

"에헤헤, 잘 지내봐요! 이로하 선배~♪"

허를 찌른 말에 잇시키는 덜컥 놀라는 표정이었다. 그러고는 눈을 몇 번 깜빡이더니 들릴락 말락 목을 풀었다.

"……뭐, 후배가 생기는 것도 나쁘지는 않겠네요."

잇시키는 짐짓 무뚝뚝하게 말하며 눈을 휙 돌렸다. 아무래도 선배라는 말이 낯간지러웠나 보다. 귀를 감추듯 스리슬쩍 머리카락을 가다듬는 모습에 나는 그만 싱겁게 웃고 말았다.

"아무튼 무슨 일 있으면 잘 돌봐줘."

내년 봄에 졸업할 우리와 달리 잇시키와 코마치는 1년 더 학교에 머문다. 여자 선배와 알고 지내면 마음도 든든할 게야……. 중국 권법 부사범처럼 팔짱을 끼며 고개를 끄덕였다.

그런 나를 잇시키가 미심쩍은 눈동자로 바라봤다.

"후우, 그렇게 말씀하셔도 저는 딱히 할 수 있는 일이 없……."

그런데 뭔가 깨달은 것처럼 말을 끊었다. 그러다 몸을 후다닥 빼면서 두 손을 허둥지둥 내저으며 숨 돌릴 틈도 없이 대꾸했다.

"헉! 지금 절 꼬시는 건가요 동생과 잘 지내라는 뉘앙스로 은근슬쩍 프러포즈는 나쁘지 않지만 잘 생각해보니 역시 제가 제일 연하여야 입장이 유리할 테니까 죄송해요."

그리고 꾸벅 정중하게 고개 숙였다. 나는 그 반응에 만족해서 흠흠 고개를 끄덕였다.

"어, 그래."

매번 이상한 이유를 들며, 고백도 안 했는데 몇 초 만에 차인다. 그 덕분에 이미 처음부터 흘려듣는 자세가 몸에 배고 말았다.

하지만 잇시키는 그게 불만인지 볼에 바람을 넣고 입술을 삐죽 내밀었다.

"또 제대로 안 듣지……."

"곧이곧대로 듣는 쪽이 이상한 거지……. 그래도 일단 대답은 했잖냐. 그래, 라고."

이미 대화란 것 자체가 단순 반복 작업일 뿐이다. 컨베이어 벨트를 타고 내 앞으로 오는 대화 주제에 『완전 공감~』, 『아, 그거~』라는 이름의 첨가물을 더해주면 쉽고 간단한 일이니까. 시급도 안 나오는 노동 착취인 게 문제지만.

내 생각이 뻔히 보였는지, 잇시키는 포기한 것처럼 한숨 쉬었다.

"뭐, 그건 그렇지만요……."

"맞아맞아, 그런 거라고."

그렇게 대충대충 맞장구를 치는데 코마치가 우와~, 하며 왠지 대단히 감탄한 투로 탄식했다. 기분 탓일까, 나와 잇시키를 보는 눈이 반짝반짝 빛났다.

코마치는 머뭇머뭇 잇시키에게 말을 걸었다.

"저기……."

"네? 왜요, 오코메."

잇시키가 귀찮은 티를 내며 묻자 코마치는 기도하듯 양손을 꽉 맞잡고 울먹거리는 눈망울로 애교가 듬뿍 담아 말했다.

"다시 생각해봤는데 언니라고 불러도 될까요? 일단 (임시)부터 시작해서 주기적으로 고과를 매기는 방향으로……."

"왜요! 싫어요! 심사도 엄청 귀찮을 거 같고!"

잇시키는 단호하게 거절했다. 하지만 코마치는 아주 쿨하게 무시하고 자기 마음대로 이상한 소리를 했다.

"옛말에 이런 말이 있어요. 눈에는 눈, 이에는 이, 쓰레기에는 쓰레기……. 그 점에서 관해서 이로하 선배는 최고예요. 생각을 뒤집으면 이상적인 언니라고요, 생각을 뒤집으면."

"뭐? 얘가 뭐래……. 애초에 전혀 칭찬처럼 안 들리는데……."

잇시키는 꿈꾸듯 황홀하게 말하는 코마치를 수상하게 흘겨봤다. 그 입이 으으 소리를 내듯 일그러졌다.

하지만 코마치는 그것마저 깔끔하게 무시했다.

"코마치는 있죠, 항상 오빠는 없어도 되니까 언니가 있었으면 했어요……. 그게 결과적으로 오빠를 위한 일이기도 하고요……. 이렇게 오빠를 걱정하는 나, 지금 그거 코마치 기준으로 포인트 높았어."

"그래? 높아? 오빠는 없어도 된다는 부분에서 다 깎아 먹지 않았어?"

앞에서 빌린 부채가 너무 커서 뒷부분에서 만회가 안 되는 것 같다만? 포인트 적립률 다시 확인해야겠는데? 하지만 포인트 적립률이 사람마다 다른가 보다.
뜬금없이 유이가하마와 유키노시타가 조용히 중얼거렸다.
"코마치가 동생…… 좋겠다."
"내가 언니……. 나쁘진 않은걸."
그 말이 겹친 것을 깨닫고 두 사람이 얼굴을 마주 봤다.
"응?"
"어머?"
그리고 서로 눈빛을 교환하며 빤히 말없이 바라보고 있었다. 한쪽은 자신만만하게 웃고, 또 한쪽은 오만하게 미소 지었다.
그 대치는 불과 몇 초에 지나지 않았을 텐데도 이상하리만치 길게 느껴졌다.
"으아, 딱 봐도 귀찮아지겠네……."
어쩐지 험악한 분위기가 감돌자 잇시키가 목소리를 죽여 중얼거리고, 토베까지 거북한 듯 뒷머리를 만지작거렸다.
"흐어…… 아! 좀 있으면 기대하던 가수 나오니까 난 가볼게!"
말을 마치기가 무섭게 토베가 쌩하니 달려갔다. 그 뒤로 잇시키가 버럭 호통쳤다.
"앗, 잠깐, 어딜 도망쳐요!"
"흐억—!"
할 말만 하고 냅다 도망치는 토베의 날렵함은 할리우드 영화에서 위기 감지 능력만 높아서 마지막까지 살아남는 유쾌한 개그 캐릭터를 방불케 했다.

잇시키는 크게 한숨을 쉬고는 분위기를 환기하려는 것처럼 손뼉을 짝 쳤다.

"자! 이야기는 다음에 계속하시고! 우리도 이제 들어가요!"

잇시키가 애써 목청을 높이면서 유키노시타와 유이가하마 사이에 끼어들었다. 곧 페스티벌도 후반전으로 돌입한다. 휴식을 끝내기에는 적당한 타이밍이다.

그런 이유로 나는 잇시키의 제안에 재빠르게 편승하기로 했다.

"그, 그래. 시간도 다 됐지."

그러자 유이가하마와 유키노시타는 시계를 힐끗 봤다. 그리고 다시 마주 보더니 픽 웃으며 온화한 미소를 주고받았다.

긴장됐던 분위기가 단숨에 이완되고, 유이가하마가 쭉 기지개를 켜며 활기차게 말했다.

"가자! 페스티벌두 이제 클라이맥스니까!"

"……그럼 후반도 즐기러 가볼까?"

"오~!"

유키노시타가 조용히 웃으며 말하자 코마치는 주먹을 하늘 높이 치켜들었다.

그것을 신호 삼아 우리는 휴게소를 떠나 건물 안으로 돌아갔다.

오래 쉰 덕분일까, 아니면 페스티벌의 클라이맥스가 기대되기 때문일까, 그녀들의 발걸음은 가벼웠다.

나보다 몇 걸음을 앞서 걷는 그녀들에게 건물 내에서 샌 빛이 겹쳐졌다. 나는 그만 눈이 부셔 눈을 가늘게 떴다.

길게 뻗은 그림자는 한곳에 머물지는 않을지라도, 흔들리고 옅게 번지고 흐릿해져 가더라도, 그래도 분명히 포개져 있었다.

그것을 본 순간 나는 걸음을 멈추고 말았다. 조금이라도 오래 보고 싶다고, 나답지 않은 감상에 빠진 탓에.

"히키가야, 뭐 하니? 안 오면 두고 갈 거야."

"힛키, 빨리빨리!"

멈춰 선 나를 이상하게 생각해선지 유키노시타가 돌아봤다. 그 옆에서 유이가하마가 크게 손을 흔들고 있었다.

"선배님, 왜 그렇게 굼떠요~?"

"오빠, 어서 가자!"

잇시키는 뾰로통하게 눈을 샐쭉였고, 코마치는 폴짝폴짝 뛰면서 나에게 손짓했다.

과연 그녀들이 한곳에 모인 이 광경을 나는 앞으로 몇 번 더 볼 수 있을까.

남은 시간은 짧다. 언젠가 계절이 돌고 돌아 다시 봄이 올 즈음에는 초로 같은 이별이 기다린다.

축제도 머지않아 끝난다.

언젠가 끝나기에 축제인 것이다.

역설적으로 언젠가 끝나는 것은 모두 축제라고 할 수 있겠다.

그렇다면— 별 볼 일 없는 일상마저 하나의 축제.

우리의 페스티벌인 셈이다.

아마도 일생에 한 번뿐인, 유일성을 가진 최고의 체험이다.

옛말에 이런 말이 있다.

치바의 명물, 군무와 축제. 춤추는 바보에 보는 바보, 기왕 바보 됐는데 춤 안 추면 sing a song.

세상에 이런 진리가 또 있을까.

나는 입속으로만 살짝 웃었다.

"그래, 간다."

그리고 나는 헤드라이너가 기다리는 페스티벌의 마지막 무대로 향한다.

최고의 클라이맥스를 지켜보기 위해서 그녀들이 기다리는 곳으로 걸어갔다.

무심한 듯 자연스럽게 잇시키 이로하는 미래를 이어간다.

안뜰 구석에서 벚꽃 꽃잎이 소복이 쌓여 있었다.

4월도 딱 절반을 지났다.

시간이 지남에 따라서 나무 사이로 새어드는 햇살의 색도 변해간다. 산들산들 불어오는 봄바람에 흔들릴 때마다 눈부실 만큼 싱그러운 녹음이 떠나가는 계절에 손을 흔들었다.

이미 꽃이 진 벚나무의 가지를 바라보면서 나는 자판기 버튼을 눌렀다.

굳이 눈으로 보지 않아도 손가락은 자연스럽게 평소와 같은 브랜드의 캔 커피를 찾았다. 철커덩 소리를 내며 떨어진 그것을 꺼내 들고 어슬렁어슬렁 안뜰 벤치로 걸어갔다.

수업과 수업 사이에 있는 시간, 불과 10분의 휴식을 위해서 구태여 밖으로 나오는 사람은 없었다.

지금 이 순간 안뜰은 나만의 장소, 히키가야 하치만의 개인 공간이다. 정말 나밖에 사용하는 사람이 없어서 잘못하면 히키가야 하치만 명의로 재산세가 청구될 수준이다. 인간적으로 세금 너무 비싸잖아……. 적어도 소비세만이라도 낮춰주면 안 되나?

정치 경제에 대한 관심을 어필하여 장차 치바 현지사의 자리를 노리면서 나는 맥캔을 꽉 쥐었다.

씁쓸한 인생, 커피 정도는 달아도 괜찮겠지…….

그 후 벤치 중앙을 떡하니 차지하고 자기 자신을 달래주는 희열에 몸을 떨며 나만의 해피타임을 즐기는데 까르르 웃고 떠드는 소리가 다가왔다.

누가 내 개인 공간을 침범한 모양이다. 아니, 대체 누구야? 재산세 그쪽이 내시나? 나는 불만을 품으면서 그쪽을 살펴봤다.

그곳에는 구름다리를 지나는 여학생 한 무리가 있었다. 이동 수업을 마치고 돌아가는 길일까? 그녀들은 시끌벅적하게 떠들면서 본관 쪽으로 가고 있었다.

그 집단 속에서 문득 황갈색 머리카락이 눈길을 끌었다.

볼륨감과 큐티클이 살아 있는 머리는 햇빛을 받아 반짝였고, 동그랗고 큰 눈동자는 작은 동물처럼 사랑스러웠다. 교복도 조금 단정하지 못하고 헐렁하게 남은 카디건의 소매를 살포시 잡은 그 동작은 익숙한 데도 귀엽다는 생각이 들었다.

솔직히 말하면 동작뿐 아니라 그냥 원판이 귀엽다.

잇시키 이로하라는 여자애는.

부실과 학생회실에서 보이는 막 나가는 태도에 익숙해져 자주 깜빡하지만, 이렇게 친구들과 함께 있는 모습을 보면 새삼스럽게 그런 생각이 들었다.

의외로 새로운 반에서는 잘 지내는 모양이다. 다행이다, 다행이야.

그렇게 친척 아저씨 같은 생각에 빠져서 너무 빤히 쳐다봤나 보다. 잇시키도 나를 알아차리고 문득 눈이 맞았다.

잇시키가 말없이 아, 하고 입을 벌렸다. 아니, 어쩌면 으엑, 이었을지도 모른다.

그래도 표정에 놀라움이 번진 것도 한순간뿐이었다. 잇시키는 바로 웃음을 덧씌우고 손가락만 삐죽 나올 만큼 소매가 넉넉한 카디건으로 가슴 앞에서 살래살래 손을 흔들었다.

주변 아이들에게 보이지 않게끔 몰래, 비밀을 공유하는 듯한 그 손짓과 미소가 마치 밀회 사인 같아서 괜스레 부끄러웠다.

어떻게 반응해야 할지 판단이 서지 않아서 고갯짓인지 목인사인지 모를 엉거주춤한 반응밖에 하지 못했다. 갈팡질팡하는 사이 잇시키는 친구들과의 잡담에 섞이며 본관으로 사라졌다.

그 뒷모습을 지켜본 나는 무섭고 습한 한숨을 쉬고 하늘을 우러렀다.

방금 그거, 어떻게 반응했어야 했지? 무시한 것처럼 보이지 않았나? 나도 손을 흔들었어야 했나? 아니, 그것도 기분 나쁘지. 목 인사? 목 인사인가? 잇시키 혼자 있었으면 그것도 괜찮겠지만, 주위에 다른 사람이 있으면 조금 행동을 달리해야 한다. 아니면 하품하며 못 본 척했어야 했을까? 정답이 뭐건 의식한 시점부터 이미 기분 나쁘겠지! 망했어! 처음부터 외통

수잖아!

다시 내 개인 공간을 변한 안뜰에서 눈을 감고 반성의 시간을 가졌다.

아직 입도 대지 않은 맥캔이 손아귀에서 미적지근하게 느껴질 무렵 버석, 모래를 밟는 소리가 들렸다.

"선배님~."

달콤하고 발랄한 소리가 들린 방향으로 얼굴을 돌렸다.

그 순간, 차갑고 부드러운 감촉이 볼에 닿았다. 화들짝 놀라서 반사적으로 몸을 돌리자 방금 지나갔던 잇시키 이로하가 바로 옆에 서 있었다. 『이·로·하·스』[#32] 페트병을 들고 생글생글 짓궂게 미소 지었다. 아하, 알겠다. 요 녀석 길거리 마케팅 중이구만? 그만큼 귀엽다만. 뭐야, 얘 귀여워.

"그, 그래……. 근데 왜? 뭔데?"

동요를 억누르며 왜 교실로 돌아가지 않았냐고 에둘러 물었다. 그러자 잇시키는 벤치에 풀썩 앉아서 담담하게 말했다.

"학생회실 간다고 하고 빠져나왔어요."

"흐음……."

말과는 달리 학생회실로 갈 생각은 없어 보였다. 대신 손에 든 페트병을 이마에 대고 피곤에 전 한숨을 후우 쉬었다.

"화장실이나 마실 거 사러 간다고 하면 다 줄줄이 따라오거든요."

그러면서 잇시키는 페트병을 까딱까딱 흔들어 보였다. 아무래

#32 이 · 로 · 하 · 스 일본의 유명 생수 브랜드. 이로하의 별명도 여기서 따온 것.

도 그『이·로·하·스』는 친구와 헤어질 구실로 산 물건 같았다.

“하긴, 신학기는 특히 심하겠지. 집단행동이 많기도 하고.”

내가 맞장구치자 잇시키도 고개를 끄덕이고는 주먹 하나만큼 거리를 좁혀 앉았다.

“그렇죠~. 그래서 학생회를 들먹이면 편하더라고요. ……이럴 때는.”

“확실히 그럴 때는 써먹기 좋은 변명이지. 이해해, 이해해.”

이 학교에서 학생회장이란 잇시키 이로하만이 가질 수 있는 속성이다. 따라서 혼자 있고 싶을 때는 그 직함을 꺼내면 된다. 편리할 만도 하겠군.

흠흠 고개를 끄덕이는데 잇시키는 냉담한 눈으로 나를 보고 있었다.

“정말 이해한 거 맞아요?”

“당연히 이해하지. 밖에서 누굴 만나고 돌아오는데 초면인 사람이랑 가는 길이 겹치면 너무 어색해서「저는 다른 볼일이 있어서 이만……」이라고 허풍 떨고 따돌리는 거랑 같군.”

“어휴, 전혀 다르거든요…….”

진심으로 기막혀하며 잇시키는 가볍게 한숨 쉬었다. 그리고 가슴에 손을 올리고 몸을 살짝 기울여 내 얼굴을 들여다봤다.

“그게 아니라요…….”

잇시키는 말을 한 번 끊고 비밀 이야기처럼 내 귓가로 입술을 가져와 속삭였다.

“……「이럴 때」라고요.”

달리 누가 있지도 않은데 뭔가 비밀을 품은 듯한 애틋한 목소리가 한순간 귓불을 간지럽히듯 깨물었다.

"그, 그래, 그거 말이지. 이럴 때. 응, 알아. 근데 결국 왜? 뭔데? 무슨 볼일이야?"

꽃을 닮은 향기와 낯간지러운 감정에서 도망치다시피, 내가 상반신을 뒤로 젖히며 빠르게 변명을 늘어놓자 잇시키도 휙 떨어졌다.

"딱히 볼일이 있는 건 아니고요……. 선배님이 절 쳐다보니까 오라는 뜻인 줄 알았죠. 손 흔들어도 무시하고."

"그 상황에서 리액션하기 난감하잖냐……. 괜히 반응하다가 친구들한테 소문이라도 나면 민망하니까……."

"네에?"

고전 명작 게임의 히로인 저리 가라 할 만큼 귀여운 쑥스쑥스 대사를 쳤는데도 잇시키는 정색했다. 으음, 세대가 달라서 안 먹히나. 선배님 친구 없잖아요, 라고 토를 달지도 않고 그냥 한없이 정색할 뿐이었다.

전에도 이런 대화를 했었지. 갑자기 그리워져서 내가 웃음을 머금고 피식거리자 잇시키는 어이없다는 기색으로 한숨 쉬었다.

"그러고 보면 꼭 있죠. 볼일 없으면 말 안 하는 남자. 반대로 말하면, 말 한마디 걸려고 억지로 이유를 만들어내서 들러붙어 보려고 애쓰는 남자."

"야 멈춰, 인연만 있으면 잘할 수 있는 사람도 있다고."

멈추려고 해보았으나 잇시키는 말을 귓등으로도 듣지 않았다.

"시험 범위를 굳이 저한테 묻는다니까요. 다른 친구한테 물으면 될걸. 거기서 무한히 라인을 이어가려고 해서 바로 잠든 척하는 거죠."

"그만 그만 그만. 나를 비롯한 남자 중고생의 연약한 부분을 찌르지 마. 작은 실천이 세상을 바꿀 때도 있어……. 나는 그렇게 믿어……."

만사가 그렇다. 하루하루의 트위스트로도 세상은 바뀔 수 있다[#33]. 세상을 바꾸게 해줘…… 당신과 기적을 일으키고 싶어요[#34]…….

나는 먼 곳을 내다보며 마음속으로 주절주절 기도했다. 잇시키는 여전히 냉담한 눈길로 보고 있었으나, 이내 체념한 것처럼 웃었다.

"교실에서도 그러세요? 반 바뀐 지 얼마나 됐다고."

"늘 그렇지 뭐. 그리고 나만 그런 게 아니야. 애초에 3학년이 되면 대충 다 아는 사이니까 적극적으로 새로운 인간관계를 형성하려는 분위기가 없다고. 그래서 딱히 사람이랑 대화할 일이 없지."

어디까지나 멀리서 지켜본 느낌에 지나지 않지만 내 소견을 피력하자 잇시키는 흠흠 고개를 끄덕였다.

"그렇군요……. 하긴 벌써 3학년이시죠."

#33 하루하루의~바뀔 수 있다 『이 · 로 · 하 · 스』의 재활용 캠페인 문구. 페트병을 꽈배기처럼 비틀어 버리자는 의미.

#34 세상을~싶어요 『이 · 로 · 하 · 스』 CM송의 가사들.

"그래, 3학년이지. ……그래서 이번에는 다른 문제가 발생하고 있어."

쓸데없이 무겁게 말을 덧붙이자 잇시키가 아리송하게 고개를 갸웃했다. 사르르 흘러내린 황갈색 머리칼이 뽀얀 목에 걸렸다. 컬러 립밤을 바른 입술에 닿은 머리카락을 손가락으로 집어 넘기며 잇시키는 묵묵히 뒷말을 기다렸다.

나는 천천히 팔짱을 끼고 한껏 무겁고 괴로운 어조로 말을 이었다.

"사사건건 『고등학교 마지막』이라는 말을 붙이는 인간이 있어서 그게 좀 성가셔……."

이런 종류의 포장이 귀찮은 이유는 꼭 틀린 말이 아니라는 점에 있다. 사실 지금 이 순간조차 나에게는 고등학교 생활의 마지막 무언가라고 부를 수 있다.

무슨 일만 있으면 『고등학교 마지막』이라는 수식어를 붙이고 싶어 하는 심리도 이해는 하나, 그렇게 따지면 모든 날이 기념일이 되고 만다. 네가 타와라 마치[#35]냐.

나도 모르게 지긋지긋하다는 어조가 강하게 드러나고 말았다. 이야기를 듣던 잇시키도 냉소적으로 입꼬리를 실룩거리고 있었다.

"아아, 사귀기 시작한 커플이 무슨무슨 기념일이라고 떠드는 그거……."

"그래, 그거."

#35 타와라 마치 일본의 시인. 대표작은 단가집 『샐러드 기념일』.

"좀 귀찮죠. 그런 거 SNS에 올려도 『참나, 그래서 어쩌라고, 그게 나랑 무슨 상관인데?』라고 생각하면서 「좋아요」를 누를 수밖에 없으니까요~."

"그, 그래, 그거……."

무난하게 맞장구를 치던 나도 잠깐 말문이 막히고 말았다. 그렇구나, 이로하스는 속으로 싫어하면서도 「좋아요」는 눌러주는 아이구나. 착하기도 하지……. 기념일 운운하며 SNS에 올릴 예정은 전혀 없지만, 나도 남에게 불쾌함을 주지 않도록 항상 경각심을 가지자.

하지만 나도 사람인지라 기념일의 소중함도 모르는 바는 아니다.

누구에게나 한두 개쯤 기억하고픈 날이 있게 마련이다. 보잘것없는 사소한 하루라도 누군가에게는 둘도 없는 기념일일 수 있다.

예컨대 생일이 그 대표 격이다.

거기까지 생각이 미친 나는 옆에 놔뒀던 맥캔을 들어 잇시키에게 쑥 내밀었다.

"이거 마실래?"

"네에? 아뇨? 난데없이 마시던 걸 왜 줘요, 범죄 그 자체거든요?"

잇시키는 벤치 끝까지 사사삭 물러나며 두 손을 앞으로 내밀고 완전 방어 자세에 돌입했다.

"아직 안 마셨거든……. 봐, 이 새하얀 뚜껑. 아름답지? 안

딴 거야, 이거."

증거로 캔을 휙휙 흔들어 결백을 증명했다. 그제야 믿어줬는지 잇시키도 슬금슬금 원위치로 돌아왔다. 그리고 내게서 맥캔을 받으려고 두려움에 찬 손을 뻗었다.

"뭐어, 일단은…… 잘 받을게요. 마실지 말지는 잘 모르겠지만……."

무지막지 솔직하네, 이 애……. 하지만 내키지 않아도 사람의 호의를 무시하지 않으려는 태도는 바람직하다고 생각합니다.

"생일, 축하한다."

나는 어색하게 웃으면서 말하고 잇시키의 손에 맥캔을 쥐어줬다.

하지만 잇시키는 반응이 없었다. 그녀는 양손으로 감싸고 쥔 맥캔을 얼떨떨하게 보고 있었다.

"……."

넋 놓은 표정으로 눈을 깜빡인 그녀에게서는 소리 없는 숨만 새어 나왔다.

왜 그러냐고 눈짓하자 잇시키는 퍼뜩 정신을 차리고 앞머리를 사부작사부작 손질했다.

"……기, 기억하고 계셨네요? 아무 말도 안 해서 잊은 줄 알았어요."

"아니, 말할 타이밍이 마땅치 않다보니……."

잇시키를 처음 발견했을 때는 거리가 너무 멀었고 말을 나눌 때는 페트병 공격에 놀라서 그럴 겨를이 없었다.

애당초 잇시키 이로하의 생일은 잊을 수가 없다. 예전부터 틈만 나면 어필해댔고 무엇보다 최근 며칠간 내가 소속한 봉사부에서는 그 화제가 뜨거운 감자였다. 듣기로는 오늘 방과 후 부실에서 깜짝 축하를 할 예정이라고 한다.

하지만 깜짝 축하가 있다고 해서 얼굴을 마주했을 때까지 생일 이야기를 피하는 것도 부자연스럽다. 나정도 되는 눈치게임 세계 챔피언은 『이상하네……. 내 생일인데 아무도 축하를 안 하네……. 아하, 이거 깜짝 파티구만?』이라고 즉석에서 간파하고 아무 일도 없이 하루를 마친 적도 있다.

여기서 미리 축하하면 잇시키의 머리에서 깜짝 파티에 대한 기대나 의심을 걷어낼 수 있다. 이러면 깜짝 파티의 효과는 배로 늘어난다는 계산이다. 내가 생각해도 무시무시한 명연기…….

그렇게 자아도취에 빠져 있는데 소매를 꾹꾹 당기는 감촉이 전해졌다. 뭔가 싶어 보니 잇시키가 입술을 삐죽이고 고개를 돌리고 있었다.

"캔 커피 하나로 퉁칠 수 있을 만큼 쉬운 애는 아니에요, 저."

잇시키는 삐친 말투로 종알댔다.

그야 나도 안다. 이래 봬도 나는 나대로 선물을 준비했다…… 라는 말이 목구멍까지 올라왔지만 꾹 삼켰다. 그건 방과 후 깜짝 파티까지 아껴둬야겠지.

쉬운 여자가 아니라고 하면서도 잇시키는 맥캔을 거부하지는 않았다. 맥캔은 이미 그녀의 블레이저 주머니로 들어간 뒤였다.

대신 잇시키는 다른 물건을 내밀었다.

"……저, 이거 드릴게요."

"어, 고맙다……."

아이구, 뭘 이런 걸 다……. 내가 반사적으로 꾸벅거리며 받은 물건은 잇시키가 쭉 들고 있던 『이·로·하·스』였다.

"……엉? 왜?"

손에서 시선을 들어 잇시키를 봤다. 여전히 잇시키는 고개를 돌린 채였지만, 내 질문에는 의외로 솔직하게 대답해줬다.

"교환이에요……. 커피랑 교환."

응, 모르겠어. 얘가 왜 『이·로·하·스』를 주지? 맥캔은 생일이라서 줬다지만, 내가 물건을 받을 이유는 도무지 떠오르지 않는데.

"설마……."

이게 빨간 클립의 기적인가 하는 그거냐? 받아든 『이·로·하·스』를 빤히 바라보고 고개를 갸웃거리는데 잇시키가 어흠! 하고 야단스럽게 기침했다.

그리고 나를 척 가리키고 붉어진 뺨을 얼버무리려는 요량인지 볼을 빵빵하게 부풀렸다.

"……교환한 거예요! 그러니까 방금 준 선물은 무효!"

"아니, 왜……?"

선물에 그런 규칙이 있었어? 자기도 주면 샘샘이라고? 당황한 나를 무시하고 잇시키는 이야기를 술술 이어갔다.

"그러니까 선물은 다음에 다시 주세요. 이번 주말은 어때

이로하

요? 저 한가하잖아요?"

"응? 어, 아니, 선물은 이미 따로 준비할 예정이라서……."

심지어 방과 후에 줄 생각이다만……이라는 말이 목구멍까지 올라왔지만, 깜짝 파티라서 말할 수 없는 딜레마!

말문이 막혀 끙끙거리는데, 그 침묵을 어떻게 해석했는지 잇시키는 싱긋 웃고 옆자리에서 불쑥 몸을 내밀었다.

"선물은 핑계예요."

내 어깨에 살포시 손을 얹고 다른 한 손은 입가로. 그리고 잇시키 이로하는 입술을 가까이 가져와 달콤하게 녹아내릴 듯한 목소리로 속삭였다.

무엇을 위한 핑계냐고, 뻔한 시치미를 떼기도 전에 잇시키는 몸을 훌쩍 빼고 아무 일도 없었다는 양 싱글싱글 미소 지었다.

내 한숨은 수업 시작을 알리는 종소리에 섞였고, 그와 동시에 잇시키가 일어났다. 그대로 몇 걸음 앞으로 걸어가더니 치마를 팔랑거리며 돌아봤다.

"그럼 주말에 기대할게요~!"

내 대답은 들을 생각도 없이 잇시키는 자기 할 말만 하고 손을 살살 흔들면서 본관으로 종종 달려갔다.

"그, 그래……."

나는 들릴 리 없는 줄 알면서도 멀어져가는 뒷모습을 향해 얼떨떨한 대답을 돌려줄 수밖에 없었다.

얼떨결에 주말 일정이 잡히고 말았다.

거참, 역시 명불허전 이로하스다.

페트병을 100퍼센트 재활용하고 미래를 위한 디딤돌로 삼다니, 무서운 재능이다. 손바닥에서 놀아난 정도가 아니라 트위스트를 추고 말았다.

이미 몇 번이나 되풀이했는지 모를 평소와 다를 바 없는 대화, 여느 때와 다름없는 수법일 텐데 더 발전한 느낌마저 든다. 전보다 더 앙큼하고 깜찍하고 스마트하게.

무심한 듯 자연스럽게, 평소와 같은 꾸준한 어필. 그 행동 하나가 분명히 마음을 흔들고 미래를 이어간다.

역시 이러니까.

이로하스가 최고란 거야…….

하지만 틀림없이 그녀들도 잘못을 반복한다.

봄도 막바지에 접어들고, 공기에서는 초여름의 냄새가 나기 시작했다.

구름다리에서 내려다보이는 안뜰의 나무들도 가지마다 돋은 싱그러운 잎이 상쾌한 바람에 산들거렸다.

흰 꽃잎은 어디로 가고 없는지 꽃이 진 벚나무는 녹음이 짙어졌고, 마침내 입학 분위기도 사그라들었다.

이 무렵이 되면 타고난 사교성으로 능숙하게 인간관계를 구축하는 사람, 심기일전하고 새로운 자신으로 거듭난 사람, 혹은 주변에 잘 녹아들지 못한 사람과 굳이 고독을 관철하는 사람 등 학생들의 명암이 확실하게 갈린다.

물론 어느 쪽이 빛이고 어느 쪽이 어둠인지는 뭉뚱그려 판단하기 어렵다.

가령 말동무나 체육 시간에 짝이 될 사람이 있다고 그것을 행복이라고 단정 지을 수는 없다.

누군가와 관계를 맺는다는 행위는 곧 그 사람 인생의 굴레에 일부분 얽힌다는 뜻이다.

교우관계는 친구 한 명으로 완성되지 않으며, 원하지 않더라도 『친구의 친구』나 『친구의 애인』, 『친구가 싫어하는 사람』 등 자신과 직접 관련이 없는 인간관계 속에 얽히게 된다.

친구가 친하게 지내는 사람을 함부로 대할 수 없고, 친구에게 애인이 있으면 최소한의 배려를 해야 하며, 친구가 싫어하는 사람과는 친해지기 어려운 법이다.

그러한 부자유를 아는 사람은 혼자 있는 편이 속편하다고 말할지도 모른다.

사실은 나도 새로운 반에서 인간관계의 굴레에 꽁꽁 얽매여 있었다.

이름순으로 매긴 출석 번호 때문에 선택 과목을 뺀 대부분의 수업은 거의 항상 하야마 하야토 근처에 앉게 된 탓이었다. 참 난감하다. 무엇이 난감하냐면 하야마와 자주 대화하는 에비나도 종종 근처에 온다는 점이다.

어중간하게 아는 사이만큼 대처하기 힘든 경우도 없다.

하야마는 어느 정도 익숙해졌으니까 그나마 양반이다.

나나 하야마나 피차 하고 싶은 말만 하는 사이라서 대화가 성립하리라는 기대는 처음부터 하지 않는다. 애초에 이야기를 제대로 듣지 않으니까 불시에 침묵이 흘러도 그냥 그러려니 한다.

결국 독선적인 기준으로 상대를 이해했다고 생각하고 서로 일방적으로 떠드는 말은 공허한 혼잣말에 불과하다. 그럴 경우 대화와 침묵에는 사실상 차이가 없다.

그렇게 생각하면 오히려 하야마와 나누는 대화는 편한 축에 속한다.

……반면, 뜻하지 않게 에비나와 둘만 남았을 때의 어색함은 이루 말하기 힘들다.

에비나는 어디에 지뢰를 품고 있을지 전혀 몰라서 갑자기 입을 다물면 「엇…… 나, 이상한 소리 했나……?」라는 불안이 엄습한다. 그럴 때만은 「하야마! 빨리 와줘!」라는 생각이 간절하다.

그래도 뭐, 하야마와 에비나는 2학년 때 함께 지낸 경험이 있어서 어떻게 대해야 할지 대강은 알고 있다.

문제는 하야마 외의 인물을 어떻게 대하느냐다.

이제 와서 설명하기도 입 아프지만, 하야마는 언제나 남의 이목을 사며 반의 중심에 서는 인물이다.

쉬는 시간은 물론이거니와 체육처럼 빈 시간이 생기는 수업에서는 사람과 잡담을 나눌 때가 많다.

그래서 가까운 자리에 있는 내가 그 집단 속에 끼기 일쑤다.

새 학기라서 한 명이라도 더 친해지려는 건지, 아니면 우리 반에는 싹싹한 사람만 모인 건지, 시종일관 돌부처처럼 말이 없는 나를 배려해 하야마와 이야기하는 겸 내게도 말을 거는 사람이 있다.

솔직히 이름과 얼굴이 매치되지 않는 사람들을 상대로 순간의 어색함을 해소할 뿐인 대화를 나누기는 꽤나 피곤하지만, 나 또한 사람이다. 타인의 선의를 무시하기는 마음이 아프다.

그래서 말을 걸어올 때마다 항상「글쎄」,「난 모르겠는데」,「대단하긴 하네」,「라는데」,「뭐 그렇지」라는 ㄱㄴㄷㄹㅁ 자동 완성 버튼을 단순 작업처럼 타이밍에 맞춰 누를 뿐인, 누구나 따라 할 수 있는 회화법을 구사해 어떻게든 버티고 있었다.

이 기술을 쓰면 보통은 어떻게 이야기를 이어갈지 몰라서 난감한 표정을 짓던데, 다들 소통 능력이 너무 부족한 거 아니야? 아싸와도 대화할 줄 알아야 비로소 인싸라는 거 몰라? 구직 활동 하기 전까지 꼭 익혀두렴.

아무튼 내 버러지 같은 리듬 게임식 회화법은 걸핏하면 대화의 공백지대를 낳는다. 그 침묵을 메우는 것이 바로 하야마와 에비나다.

그 덕에 지금 나는 반에서『하야마와 에비나가 보살펴주는 사람』이라는 확고한 입지를 굳혔다.

리세마라가 불가능한 학급 배정 가챠에서 대폭사한 것 치고는 의외로 순조로운 출발이었다. 순조로움의 기준이 너무 낮잖아…….

고교 생활도 3년째에 접어들어 반 아이들과의 관계에 특별한 기대를 품지 않게 됐다.

이 또한 지나가리라, 큰 사고만 나지 않으면 충분하다는 일종의 달관이자 체념의 경지였다.

하지만 그것은 어디까지나 세상 풍파에 닳고 닳은 사람의 의견에 지나지 않는다.

파릇파릇한 신입생들의 경우는 어떨까.

그렇게 생각하니 갑자기 내 동생 히키가야 코마치의 새로운 생활이 궁금해졌다.

올봄에 소부 고등학교에 입학해 정식으로 내 후배가 된 코마치의 학교생활은 베일에 싸여 있었다.

물론 부실에서 서로 만나고 집에서도 이런저런 이야기는 나누지만, 반에서 어떻게 지내는지는 내가 파악할 길이 없었다.

봄방학에는 마음이 들떠서 교복을 입고 혼자 패션쇼를 하고 입학한 뒤에도 나와 같이 룰루랄라 등교했지만, 요즘은 그런 흥분도 많이 가신 인상이었다.

어떤 새로운 생활이라도 시간의 흐름과 함께 그 화사한 빛깔은 차분하게 변해간다.

특히 고교 생활처럼 한 장소에 갇혀 반 아이들과 매일 얼굴을 마주하다 보면 어렴풋하게나마 이름 정도는 외우게 되고, 대화 주제나 쉬는 시간의 활동 범위로 각자의 서식 환경도 파악된다.

한 달쯤 지나서 표면적인 인격과 교실 내 위치도 대강 알게 되면 웬만한 인간관계는 확립된다.

사교성이 특출하게 뛰어난 코마치니까 별걱정은 없지만, 그래도 신경 쓰이는 것이 오빠 마음이다.

과연 코마치는 어떤 학교생활을 보내고 있을지 생각하면서 나는 봉사부로 걸음을 옮겼다.

부실 문을 드르륵 열자 턱을 괴고 창밖을 멍하니 보는 코마치가 있었다.

다다음주로 다가온 중간고사에 대비해 공부라도 하는지, 아니면 단순한 시간 때우기인지 책상에는 교과서와 공책이 펼쳐져 있지만, 샤프는 손이 아니라 공책 위에 쓸쓸히 놓여 있었다.

문이 삐걱대는 소리에 돌아본 코마치는 우수에 찬 표정을 거두고 밝게 웃었다.

"오오, 오빠."

"빨리 왔네?"

나는 대답하면서 어느샌가 지정석으로 굳어진 내 자리로 갔다.

"코마치가 안 오면 문을 못 열잖아."

코마치는 어깨를 한번 으쓱이며 웃음을 흘렸다. 그리고 놀고 있던 샤프를 들어 공책을 넘기더니 공부를 재개했다.

봉사부가 새로운 체제로 재편된 지도 약 한 달이 지났다.

부장 자리와 함께 문단속도 코마치의 역할이 되었지만, 아직까지 미숙한 점을 보인 적은 없었다. 매일 가장 먼저 부실로 오는 것만 봐도 잘하고 있다고 칭찬할 만했다.

생각해 보면 선대 부장인 유키노시타도 누구보다 빨리 부실에 왔었다. 그 근면함은 다음 세대로 잘 계승된 모양이다.

아, 유키노시타 하니까 생각났다.

"오늘 유키노시타랑 유이가하마는 안 온대."

"응. 들었어."

내가 보고하자 코마치는 교과서에서 눈을 떼지 않고 대답했다.

"어, 그러냐……."

하기야 일단 부장이니까 연락은 했겠지. 두 사람이 빠진 이유를 묻지도 않고 코마치는 샤프로 글자를 끄적거렸다.

사실 이유를 물었으면 곤란할 뻔했다.

왜냐면 깜짝 축하용 선물을 사러 갔으니까.

코마치가 봉사부 부장으로 취임하고 한 달이 지났다. 이 새로운 체제에도 슬슬 익숙해진 차에 유키노시타와 유이가하마의 제안으로 부장 취임 축하 선물을 주지 않겠냐는 이야기가 나왔다.

축하든 기념이든 선물은 그냥 평범하게 주라고 생각하지만, 특별하지 않은 날이기에 깜짝 선물이 빛을 발하는지도 모른다.

생일은 물론이고 100일이나 1년이 되는 날은 은연중에 무슨 일이 있지 않을까 기대하게 마련이다. 정년퇴직으로 마지막 출근을 한 아저씨는 언제든 꽃다발을 받을 준비가 되어 있다.

같은 논리로 딱 한 달째가 아닌 이 시기에 선물을 주리라고는 천하의 코마치도 예상치 못할 것이다.

기습으로 가장 큰 효과를 내려면 코마치에게 의심받지 않는 것이 중요하다. 세 명 모두 빠지면 무슨 일이 있다고 생각할 테니까. 나는 코마치에게 의심받지 않기 위한 알리바이를 만들려고 여기 남았다.

그러니까 변명할 수고를 덜었다면 오히려 환영할 일이었다. 솔직히 나도 코마치에게 들키지 않을 자신이 없었다. 어쩌면 그 점을 고려해서 유키노시타와 유이가하마가 미리 연락했는지도 모른다.

어쨌거나 용무가 있어서 유키노시타와 유이가하마가 빠졌으므로 오늘 부실을 지키는 사람은 나와 코마치 둘뿐이었다.

적막한 부실에서 샤프 소리가 유난히 크게 들렸다.

집에서는 둘만 있을 때가 많고 굳이 대화하지 않고 고양이만 쓰다듬으며 시간을 보낼 때도 있건만, 지금은 이 조용함이 자꾸만 불편했다.

지금까지 부실에서 둘만 있을 상황이 별로 없었던 탓일까. 이상하게 묘한 긴장감이 있었다.

굳이 표현할 말을 찾는다면, 쑥스럽다고 해야 할까……. 그 탓에 나도 책상에 교과서를 펼치고 말았다. 평소에는 하지도 않는 짓이었다.

나도 코마치를 보고 배워서 공부나 하자고 샤프 노브를 딸깍딸깍 눌러서 공책에 문제집의 해답을 적어나갔다.

가끔 잊게 되지만, 아니, 잊고 싶어지지만 나도 수험생이다. 틈틈이 수험 공부를 해둬야 한다.

잠시 나와 코마치의 샤프가 경쾌한 소리를 내며 고요한 앙상블을 연주했다.

하지만 금방 그 손이 멈췄다.

코마치와 같이 공부라니, 집에서도 안 하는 짓이다. 아무래도 대각선 앞쪽에 앉은 인물이 신경 쓰였다.

나는 샤프 끝으로 공책을 톡톡 두드리며 생각에 빠진 척 코마치를 엿봤다.

소매가 살짝 긴 블레이저, 윗단추 하나를 푼 블라우스, 거기에 느슨하게 맨 리본.

입학하고 한 달이 지나서야 눈에 익기 시작한 교복 차림을 찬찬히 살펴봤다.

흠…….

새삼스럽게 보니까 우리 교복이 제법 잘 어울린다. 내 동생이지만, 색안경을 빼고 말해도 하이퍼 귀엽다.

소녀답게 앳된 티를 채 벗지 못했지만, 앞머리를 정리한 장난스러운 헤어핀과 편하게 풀어 입은 교복이 활발한 성격과 순수한 명랑함을 느끼게 했다.

틀림없이 반에서도 인기가 많을 것이다. 아마 남자 녀석들이 정기적으로 개최할 『우리 반에서 제일 귀여운 애 더비』에서는 「1번 인기는 물론 이 아이, 히키가야 코마치.」, 「제가 가장 기대하는 같은 반 아이입니다. 열심히 해줬으면 좋겠네요!」 같은 대화[#36]가 펼쳐지고 세간의 평가에는 ◎ 세 개가 늘어서 있겠지. 엉? 뭐야, 우리 동생을 그런 눈으로 본다고? 죽인다(킄킄).

내가 그런 생각에 빠져 있는 줄도 모르고 코마치는 교과서에 열중하고 있었다. 흠흠 고개를 끄덕일 때마다 정수리에 난 더듬이가 살랑살랑 흔들렸다.

흘러내린 옆머리와 함께 빨간 펜을 귀에 걸고 형광 마커로 선을 찍 긋는다. 그것을 확인하는 것처럼 마커로 뺨을 콕 찌

#36 「1번 인기는~같은 대화 게임 『우마무스메 프리티 더비』에 나오는 중계 패러디.

르고 고개를 갸웃했다.

그러다가 내 시선을 느끼기라도 했는지, 코마치가 나를 흘끔 봤다. 그리고 눈살을 찌푸리며 말했다.

"왜?"

"그냥."

나는 턱 끝만 저으며 답했다. 아니, 정말로 아무것도 아니야. 블라우스 단추는 제대로 채우라고 잔소리하고 싶지만, 그렇게 깐깐하게 굴면 미움 사니까…….

내 대답을 듣고 코마치는 불만스럽게 콧방귀를 뀌더니 다시 교과서로 눈을 돌렸다.

그것을 끝으로 대화는 없었다. 대신 찍찍 마커 긋는 소리와 빨간 펜으로 동그라미를 치는 소리, 그리고 할 일이 없어 끙끙대는 내 신음소리가 났다.

실제로 교복 차림으로 공부하는 코마치를 보고 있노라면 역시 교실에서 어떻게 지내는지가 궁금해졌다. 수업을 듣는 코마치도 이런 모습일까?

참여 수업에 나온 부모의 기분을 맛보고 나니 아버지 마음이 고개를 치켜들었다. 나는 크흠 헛기침하고 참고서를 착 펼쳤다.

"……어떠냐, 요즘 학교는."

한껏 무게 잡고 뜸 들인 데 비해서 지나치게 짧은 말이었다. 작게 흘러나온 목소리는 누구를 향한 말인지도 불분명했고 눈길도 맞추지 않았다.

그 말투와 몸짓이 흡사 식탁에서 신문을 펼치고 사춘기 아들에게 말을 거는 쌍팔년도 아버지 같았다. ……쌍팔년도 아버지, 너무 아싸 아니야?

이래서야 코마치도 어리둥절할 수밖에 없었다. 하지만 금세 피식 웃었다.

"그거 뭐야? 아빠 흉내? 오빠도 같은 학교면서 뭘 물어."

"아니, 그 뭐냐. 부실에서는 보지만, 교실에서 어떻게 지내는지는 모르니까."

아빠와 같은 선상에 놓인 점이 못마땅하지만, 『친구는 생겼어?』라거나 『남자친구는 생길 것 같아?』라는 둥 심도 있는 이야기를 나눌 수 있다면 아빠라고 불려도 어쩔 수 없지!

그러나 내가 부모에게 그런 질문은 들을 때마다 제발 가만히 놔두라고 간절히 바라지 않았던가. 나의 참을성을 칭찬해 주고 싶다.

그런 내 마음이 통했는지, 코마치는 팔짱을 끼고 진지하게 생각해줬다.

"으음…… 글쎄, 어떻지."

고개를 꼬고 신음하지만, 곧 얼굴을 번쩍 들고 한없이 진지한 얼굴로 대답했다.

"그냥 평범해."

"그러냐……."

그래, 그렇게 대답할 수밖에 없지. 나도 부모님이 물어보면 똑같이 대답할 거다.

학교를 비롯한 교우관계를 세세하게 설명하기는 귀찮고, 그렇다고 걱정을 끼치고 싶지도 않다. 하지만 부모님과 얼굴을 맞대고 그런 이야기를 나누기도 부끄럽다.

암암, 알고말고.

하지만 알아도 걱정이 앞서서 묻지 않고는 배길 수 없었다. 간섭과 무관심 사이에서 흔들리는 부모의 마음을 저는 오늘 비로소 깨우쳤습니다.

옛날에는 「들어봐, 들어봐!」, 「코마치 있지……」라며 무슨 일만 있으면 사사건건 보고했었는데 코마치도 어느새 이렇게 컸구나. 사춘기가 와버렸어……. 그렇게 속으로 넋두리하는데 코마치가 진지한 얼굴로 손을 휘휘 저었다.

"아니, 반항기나 그런 게 아니고 정말로 평범해. 평범하게 친구도 사귀고, 평범하게 수업도 따라가고, 평범하게 지내. 그러니까…… 평범하지?"

그렇게 말하는 코마치의 표정은 지극히 평탄했다. 그야말로 평범 그 자체. 표정과 말투에서 뭔가를 숨기거나 얼버무리려는 의도는 느껴지지 않았다.

특별한 불평, 불만, 혹은 불안도 없이 하루하루를 평온하게 보내고 있겠지. 너무 평온해서 평범이란 단어 말고는 설명할 방법이 없는지도 모른다. 그렇게 말하면 나도 납득할 수밖에 없었다.

"음, 그러냐……."

그럼 됐다고 말하자 코마치가 고개를 끄덕였다.

"응. 그리고 반항기는 오빠지. 코마치는 엄마랑 학교 이야기 자주 해."

"흐음……. ……아빠한테는?"

"에헤헤. 아빠는 바쁘잖아."

코마치는 깜찍하게 웃어넘겼다.

하지만 새빨간 거짓말은 아니었다. 실제로 아버지는 매일 밤 일에 치여 우리와 생활시간이 별로 겹치지 않는다. 휴일은 나나 아버지나 종일 잠만 자서 결국 식사할 때나 얼굴을 마주친다. 뭐, 그렇게 따지면 엄마도 바쁘긴 매한가지지만. 부모님 모두 「회사의 노예☆☆☆」 인자를 가져서 나한테도 계승될 판이다.

내가 미래의 불안에 몸서리치고 있을 때, 코마치가 크흠 목을 가다듬고 나를 척 가리켰다.

"그러는 오빠도 아빠랑 말 안 하잖아."

"그럴 리가. 돈 달라는 이야기는 항상 해."

"으엑…… 그거 코마치보다 심한 거 아니야……?"

가슴을 당당하게 펴고 말했더니 코마치가 끔찍하게 쳐다봤다. 하지만 알바도 마음대로 못 하는 수험생에게는 달리 선택지가 없다.

돈이 드는 처지를 이용해서 참고서를 산다거나 모의고사를 본다며 적당한 구실을 대고 돈을 쪽쪽 뽑아먹는 것이 지금 나의 주된 수입원이다.

"그래도 아빠와 나눌 공통의 화제가 그 정도밖에 없는데 어쩌겠냐."

"이게 가족의 단절이구나……. 부자지간에 굳이 공통의 화제를 찾아야 한다는 점이 특히 슬퍼……."

코마치는 착잡하게 중얼거리며 연민에 찬 눈길을 보냈다.

"어느 집이나 아버지랑 아들은 다 그래, 잘은 모르겠다만. 돈 이야기 아니면 『신 에바』 감상밖에 할 얘기가 없어."

"음…… 생각보다 사이좋구나, 이 부자……."

조금 전까지 애수에 찼던 코마치의 표정이 지금은 어이없는 웃음으로 바뀌었다. 심지어 살짝 거리가 느껴졌다.

뭐 그래도 어쩔 수 없지……. 나도 아버지도 감상을 나눌 때 「고마워……」밖에 말할 수 없어서 대화다운 대화를 나누지 못했으니까. 남자 둘이 눈도 맞추지 않고 허공을 응시한 채 「고마워……」라는 말만 주고받는 모습은 다른 사람 눈에는 기괴하게 비칠 뿐이리라.

아무튼 아빠는 몰라도 엄마와 학교 이야기를 한다면 큰 문제는 없겠지.

코마치 본인이 말하듯 평범하게, 문제없이, 탈 없이, 아무 일도 없이 학교생활을 보내는 것이다.

"……별문제 없다면 됐어."

"응."

내가 말하자 코마치는 짧게 답하고 다시 교과서로 눈을 돌렸다.

나는 그 모습을 멍하게 바라봤다.

열어둔 창으로 청량한 바람이 들어왔다.

멀리 운동장에서 고함치는 운동부의 구령과 음정이 안 맞는 관악단의 연주가 들렸다.

어느 부나 신입 부원이 들어온 모양이다. 방과 후의 멜로디는 전보다 조화롭지 않지만 그만큼 활기에 차 있다는 느낌이 들었다.

지금은 불협화음에 지나지 않지만, 분명히 시간이 지나면서 호흡이 맞고 언젠가는 추억을 장식하는 아름다운 배경 음악으로 바뀔 것이다.

창밖에서 들리는 소리에 귀를 기울이며 나는 고개만 돌려 부실을 빙 돌아봤다.

사각거리는 샤프 소리와 가끔 페이지를 팔랑 넘기는 소리만 들리는 조용한 부실.

이렇게 넓었던가. 향수와 닮은 감상을 품으면서 나는 맞은편에 앉은 코마치를 빤히 바라봤다.

나와 코마치 둘뿐.

그 외에는 아무도 없는 부실 중심에서 코마치는 한눈팔지 않고 묵묵히 교과서를 읽고 있었다.

그 모습은 딱 1년 전 이 부실에서 봤던 광경과 닮았다.

석양 속에서 책을 읽는 소녀.

그것은 언젠가 본 그녀를 방불케 했다.

그 날, 내가 이곳으로 끌려오지 않았다면 그녀는 지금도 변함없이 이 부실에서 홀로 책을 읽고 있었을까.

의미 없는 상상이다.

가정을 논해봤자 시간을 되돌릴 수는 없다.

만약 돌아갈 수 있어도 이 기억이 없다면 결과는 변하지 않는다.

결국 나는 이 부실로 끌려왔겠지.

그래서 이 상상에는 의미가 없다.

그래도 굳이 의미를 도출한다면.

그 상상이 언젠가 코마치의 모습이 될지도 모른다는 것.

내가 이 부실에 있는 시간도 얼마 남지 않았다.

앞으로 1년도 지나지 않아 나는 졸업한다.

우리가 떠난 뒤에도 이 아이는 이렇게 홀로 방과 후를 보내게 될까.

그녀들이 없는, 홍차 향도 나지 않는 이 부실에서.

그렇게 생각하니 자꾸만 가슴이 미어졌다.

언젠가 그렇게 될 줄 알았으면서도 이렇게 코마치가 부실에 혼자 있는 모습을 볼 때까지는 실감이 나지 않았다.

"코마치."

이름을 부르자 코마치는 얼굴을 훽 들어 왜 그러냐고 말없이 고개를 기울였다.

"신입 부원, 모집할까?"

맥락도 없이 튀어나온 말에 코마치는 어리둥절하게 눈만 깜빡였다. 그러다가 곧 표정에 놀라움과 당혹스러움이 번져나갔다.

"뜬금없이 웬 신입 부원……?"

"아니, 다른 곳은 신입 부원이 들어왔잖아. ……우리도 후배가 있으면 좋지 않을까 해서."

방금 한 상상이 가슴 아파서, 라고는 차마 말하지 못하고 나는 어물쩍 둘러댔다.

코마치는 눈을 슥 가늘게 뜨며 수상쩍은 눈길을 보냈다.

"오빠, 그런 거 귀찮아하잖아? 타이시도 엄청 막 대하고."

"누가 그래? 나는 내가 위가 되는 상하 관계는 싫어하지 않아."

"최악의 선배다……."

자랑스럽게 말하는 나를 코마치가 혐오스럽게 흘겨봤다.

"그리고 타이시는 좀 달라. 후배보다는 카와 어쩌고 양 동생이나 케이카의 오빠라는 이미지가 강해."

타이시는 분명히 내 후배지만, 입학 전부터 알던 사이라서 이제 와서 후배라는 느낌이 들지 않았다.

같은 동아리에 소속해서 매일 같이 얼굴을 봤다면 그 관계가 갱신되어 후배로 인식했겠지만, 지금은 코마치에게 달라붙는 똥파리라는 인식에 머물러 있었다.

……물론 똥파리 운운하면 또 코마치가 싫어할 테니까 자중하겠다만.

그렇게 생각해서 말을 삼킨 것이 문제였는지 코마치는 더욱 수상한 눈으로 나를 봤다.

하지만 쇠방망이의 경쾌한 소리와 음정을 벗어난 트럼펫 소리가 들린 뒤 그 시선은 창밖으로 돌아갔다.

"사실 코마치도 생각은 했어……."

그러고는 가늘게 한숨 쉬었다.

내가 걱정하지 않아도 코마치는 스스로 앞날을 생각하고 있었다. 다행이라고 안도한 순간, 코마치는 팔짱을 끼고 떨떠름하게 미간에 주름을 잡았다.

"모집하고 싶어도 이 동아리를 설명하기 어려워."

"아하…… 좀 그렇지."

나도 반사적으로 동의하고 말았다.

실제로 모르는 사람이 보면 이 동아리는 정체 모를 집단일 것이다.

봉사부라는 이름을 내건 주제에 봉사활동, 흔히 말하는 사회봉사에 종사하지도 않는다. 최근 활동 내용은 실질적으로 학생회 하청에 가깝다. 가끔 들어오는 의뢰와 상담도 지극히 사적인 일뿐이라서 제삼자에게 설명할 수는 없었다.

야구와 축구처럼 전국 체전이라는 알기 쉬운 목표가 있으면 편하겠지만, 안타깝게도 『고민 상담 세계 대회』가 있다는 이야기는 난생 들어본 적이 없다.

"봉사부라고 들어도 의미 불명이지."

전에 크리스마스 이벤트 준비로 만난 오리모토 카오리가 폭소하던 것을 떠올리고 그때 들은 감상을 그대로 인용했다.

"음…… 활동 내용도 그렇지만, 그거 말고도 여러모로……."

코마치는 어색하게 웃으며 말하고는 고개를 끄덕이고 이야기를 되돌렸다.

"사실 귀찮은 건 둘째 치고 특수한 동아리니까. 억지로 권유하지 않아도 되지 않을까. 적응 못 하면 결국 그만둘 테고 말이야. 오빠가 알바할 때처럼."

"그, 그러냐……. 하긴 그렇지……."

검지를 까딱까딱 흔드는 코마치의 말은 나라는 실제 예시 덕분에 어마어마한 설득력을 가졌다. 나 정도 되는 프로 탈주러는 지원 전화만으로 직장 분위기를 파악하고 면접조차 잠적하는 수준.

보수를 받는 아르바이트조차 잠적하는 인간이 횡행하는 마당에 무급인 동아리 활동은 광속으로 잠적해도 이상하지 않다.

열심히 모집한들 그만둬 버리면 도로 아미타불. 오히려 권유한 노력만큼 손해다.

그렇다면 대책 없이 모집만 해서는 안 된다. 그만두지 않게 잡아두는 노력도 필요하다.

요즘은 회사의 노예들도 신입 사원이 도망가지 않게 노력한다지. 신입 사원을 교육할 때도 인사과에서 신입을 혼내지 말라는 지시가 온다나 뭐라나……. 그보다 근무 체계 개선과 임금 인상이 먼저 아닌가요? 주4일제에 연봉 천만 엔이면 나도 절대로 안 그만둔다고.

하지만 지금은 내 장래를 생각할 때가 아니었다.

지금 중요한 것은 봉사부의 장래다.

생판 모르는 남이 이 괴상한 동아리에 적응할 수 있을지는 미지수다.

그렇다면 처음부터 익숙한 사람, 혹은 익숙해질 여지가 있는 사람을 스카우트하는 편이 빠르고 확실하다.

쉽게 말하면 헤드헌팅이다.

"네 친구는 어때? 봉사하고 싶어 하는 애 없어?"

"무슨 메이드 모집 공고도 아니고……. 코마치도 딱히 봉사하고 싶은 건 아닌데……."

코마치는 입을 우웩 일그러뜨렸다.

우연이군. 나도 봉사 정신 따위 눈곱만큼도 없다. 부장도 부원도 봉사에 관심이 없다니, 이 동아리 진짜 뭐 하는 곳이래?

내가 그런 생각을 하는 옆에서 코마치도 턱을 잡고 생각에 빠졌다.

"그치만 친구도 어렵지. 친한 애는 이미 다른 동아리에 들어갔거나 처음부터 할 생각이 없으니까."

"흠…… 그러네. 이 시기라면 이미 다 들어갔겠지."

코마치는 체념의 웃음을 보이며 어깨를 으쓱했다.

"그렇지, 뭐."

입학하고 약 한 달.

임시 입부 시기도 곧 끝난다. 의욕이 있는 1학년생은 저마다 자신이 원하는 곳에 가입했을 것이다.

하지만 끝끝내 봉사부에는 임시 입부는커녕 견학 희망자조차 나타나지 않았다.

합동 프롬 이후로 쭉 바빴던 탓에 신입 부원을 붙잡을 준비를 아무것도 하지 않았으니까 사실 어쩔 수 없는 일이다. 애당초 봉사부가 존속하리라고도 생각지 않았는데 무슨 준비를 한단 말인가.

지금부터라도 수를 써야 하나 머리를 굴리는데 정작 코마치는 별생각이 없어 보였다.

"이제서 허둥대봤자 소용없으니까 한동안은 이 상태로 만족할래. 부원에 관해서는 차차 생각할게."

"그래?"

정말 그래도 되느냐는 회의적인 감정이 다량 포함된 말에 코마치는 고개를 끄덕였다.

"응. ……그리고 이 방을 코마치가 독점하는 것도 나쁘지 않으니까."

그리고 음흉하게 히죽 웃었다.

"오오…… 그렇게 들으니까 조금 부러운데……."

"그치그치? 학교에 개인실이 생기는 거라니까? VIP야."

코마치는 뻐기듯이 훗 웃고 춤이라도 출 것처럼 익살을 떨었다.

하지만 내 머릿속에서는 방금 했던 상상이 좀처럼 떠나지 않았고 그 웃음에 일말의 쓸쓸함이 엿보이는 것 같았다.

말은 그렇게 해도 코마치의 속내까지는 알 수 없었다.

그래도 이 봉사부를 새로 만든 사람은 코마치며, 이곳을 어떻게 운영해 나갈지는 코마치의 자유다. 1년도 지나지 않아 떠날 내가 참견할 사안은 아닐지도 모른다.

하지만 가능하다면.

나는 무의식중에 문을 보고 있었다.

가능하다면 그 날처럼. 저 문을 노크도 하지 않고 거리낌 없이 열어젖히는 사람이 나타나 줬으면 좋겠다.

몹시 이기적인 바람이다.

그런데 대뜸 그 문이 덜컥 흔들렸다. 소리를 들은 코마치도 그쪽을 보았고, 문은 천천히 열렸다.

창문에서 복도로, 상쾌한 훈풍(薰風)이 빠져나갔다. 그 바람에 황갈색 머리카락이 둥실 떠오르며 가슴께에 맨 리본이 하늘거렸다.

양해를 구하지도 않고 자기네 안방처럼 부실로 들어온 사람은 잇시키 이로하였다.

"수고 많으시네요~."

잇시키는 삐걱거리는 문을 등 뒤로 닫으며 손가락 두 개를 세워 까딱 흔들었다.

그 모습을 본 코마치는 맥이 빠진 것처럼 웃음을 흘렸다.

× × ×

잇시키 이로하는 학생회장이자 축구부 매니저다.

한마디 더 보태자면 봉사부 부원은 아니다.

그런데도 왠지 뻔질나게 여기 드나든단 말이지……. 아니, 뭐 전혀 상관은 없다만. 귀찮기 짝이 없는 폭탄 의뢰를 들고 오지만 않는다면.

그래서 오늘은 어쩐 일로 왔는가 보니, 잇시키는 어느새 자기 것으로 정한 의자에 앉아 부실을 두리번거렸다.

"……그런데 유키노 선배랑 유이 선배는요? 오늘 안 계세요?"

그러면서 잇시키는 공석을 돌아봤다.

평소라면 그곳에 유키노시타와 유이가하마가 앉아 있었겠지만, 애석하게도 오늘은 출석하지 않았다.

"무슨 일이 있다고 빠졌어."

"맞아요. 그래서 오늘은 코마치랑 오빠, 2인 체제예요."

내가 대답하고 코마치가 보충했다. 잇시키는 턱에 손을 대고 고민스레 신음했다.

"그런가요……. 그럼 어쩌지……."

"엉……? 무슨 문제라도 생겼냐?"

설마 또 학생회에서 무리수를 두나 싶어 조심조심 묻자 잇시키는 활짝 웃으며 뻔뻔스럽게 내뱉었다.

"아뇨, 홍차 주는 사람이 없어서요."

"너, 유키노시타를 뭐라고 생각하는 거야?"

이 녀석, 봉사부가 무슨 카페인 줄 아나……. 내 씁쓸한 표정을 보고 잇시키는 데헷, 이마를 찍으며 윙크에 혀까지 빼물었다.

"장난이죠~♪"

어머머, 이 애 앙큼한 것 봐~! ……하지만 이제 그 정도로 넘어갈 내가 아니다. 아니, 귀엽기는 하다만.

"앗, 그럼 오늘은 코마치가 차를 끓일게요."

"오코메, 고마워~☆"

잇시키가 만세하며 우후후 웃었고, 코마치는 괜찮다고 대답하면서 자리에서 일어났다.

그나저나 오코메라는 별명이 자연스럽게 정착했네……. 나도 집에서는 라이스[#37]라고 불러볼까! 그래도 우리 집 라이스는 오라버니라고 불러주지 않지.

싱거운 생각을 하는 동안에도 능숙하게 홍차를 준비하는 라이스.

하지만 차를 내올 때까지 가만히 기다리기도 심심하다. 나는 잇시키에게 눈짓해서 결국 무슨 일로 왔냐고 질문했다. 방금 고민하던 모습으로 봐서 보나 마나 귀찮은 일이겠지.

내 눈짓을 알아차린 잇시키가 입을 열었다.

"일단 일이라면 일이에요. 좀 상담하고 싶은 일이 있어서……."

잇시키는 턱 끝에 검지를 대고 고개를 기울이며 한숨 쉬었다. 말해야 하나 말아야 하나 고민하는 기색이 역력했다.

그리고 잇시키의 눈길은 공석으로 갔다.

흠. 어떤 상담인지는 모르지만, 유키노시타와 유이가하마도 들어주길 바란 눈치다.

그렇다면 내일 다시 오라고 하는 수밖에……. 내가 그렇게 말하기 전에 코마치가 끼어들었다.

"오, 상담이라뇨?"

코마치의 눈동자가 의욕으로 불타며 반짝였다.

#37 라이스 오코메는 일본어로 쌀을 의미한다. 또한 『우마무스메』의 캐릭터 라이스샤워를 라이스라고 줄여 부른다.

그래, 상담이나 의뢰가 들어와야 비로소 봉사부다. 이제야 봉사부다운 활동이 가능해져서 신이 났는지도 모른다.

코마치는 빠르게 차 준비를 마치고 전기 포트의 스위치를 누른 뒤 후다닥 원래 위치로 돌아갔다.

그리고 잇시키 쪽으로 몸을 돌리고 어깨에 걸린 머리카락을 손등으로 살며시 넘겼다.

아니, 손으로 넘길 만큼 길지도 않잖아……. 그런 생각을 하는데 코마치는 두어 번 더 머리를 넘기고 굉장히 침착한 미소를 떠올렸다.

"그럼 이야기를 들어보죠. 자, 앉으시겠어요."

그리고 짐짓 차분한 척 말하고 잇시키의 자리를 손으로 슬쩍 가리켰다. 잇시키가 입을 반쯤 연 채로 다물지 못했다.

"아니, 나 이미 앉아 있거든? ……설마 그거 유키노 선배 성대모사? 하핫, 안 닮았어. ……아니지, 묘하게 닮았네."

잇시키의 헛웃음을 받아치듯 코마치는 또 머리를 넘기고 그 손을 입가로 가져갔다.

"코마치는 부장으로서 행동하는 것뿐이란다. 딱히 유키노 언니 흉내는 아니잖니."

"맞아맞아. 맨날 『뭐뭐 란다』라고 해."

굉장히 과장된 유키노시타 유키노 흉내에 잇시키는 손가락질까지 하면서 크흐흐 웃음을 터뜨렸다.

너희 그러지 마~. 나아 그런 거 완전 별루거든~?

노는 애처럼 주의하려고 생각했지만, 선배와 상사가 없는 곳에서 호박씨를 까며 노는 것이 후배다. 그것을 말리는 것도 눈치 없는 짓이겠지. 노는 애처럼 말리는 의미도 모르겠고.

그래도 적당히만 해야 한다……. 그 흉내, 본인이 보면 토라져. 그래도 토라지면 그건 그거대로 좋단 말이지…….

내가 혼자만의 세상에 빠진 동안에도 두 사람은 선배 흉내로 열을 올렸다.

"뭐어? 그럼 나는 『야헬롱~!』 연습할까?"

"오~! 이로하 선배가 진지하게 『야헬롱~!』 하는 거 보고 싶어요~! 그거만으로도 엄청 웃길 거 같아."

"……잠깐만. 웃기겠다고? 말이 좀 이상하다? 웃음거리로 삼겠다는 말투 아니야?"

"아뇨아뇨, 그런 거 푸흡 아니에요."

"대놓고 웃었잖아……."

두 사람은 그렇게 말하지만, 실제로 잇시키가 『야헬롱~!』이라고 인사해도 유이가하마는 화내지 않겠지.

하지만 그건 유이가하마와 잇시키의 신뢰관계가 이미 형성됐기 때문에 허용되는 행동이다. 별로 친하지도 않은 인간, 예를 들어 자이모쿠자나 유희부 녀석들이 따라 하면 무진장 무섭다. 엄청나게 낮은 톤으로 「하지 마」라고 말한다니까! ……아니, 그건 그거대로 괜찮군. 가끔 보이는 정말로 화난 느낌, 좀 좋은데? 이 녀석, 전부 좋다고 하네.

아무튼 본인이 없는 곳에서 놀리는 것도 사랑받는 증거라고 할 수 있으리라. 으레 험담의 변명으로 인용되는 말이지만,

내가 보는 한에서는 장난의 범주다.

유키노시타도 유이가하마도 후배들에게 사랑받는구만.

그렇게 생각하던 중 전기 포트가 보글보글 소리를 내며 물이 끓기 시작했다.

코마치가 포트를 들고 콧노래를 흥얼거리며 물을 따르자 서서히 익숙한 향기와 김이 피어올랐다.

차가 우러나는 동안 코마치는 내 컵과 종이컵 두 개를 차례대로 놓았다. 유키노시타와 유이가하마가 없어도 그녀들의 컵을 쓸 생각은 없나 보다.

코마치는 티 포트를 들고 내 컵과 종이컵에 차차 차를 따랐다(차차차).

"자, 드세요."

"오오, 땡큐."

내게 내민 컵을 감사 인사와 함께 받아들고 바로 한 모금 마셨다.

음, 오늘도 건강하군. 홍차가 맛있다[#38]…….

그렇게 내가 평범하게 맛있다고 느끼는 반면, 잇시키의 반응은 그다지 좋지 않았다. 한 모금, 또 한 모금을 마신 잇시키는 무엇을 확인하는 것처럼 종이컵 수면을 요리조리 들여다봤다.

"흐음……."

"으, 반응이 별로네. 뭔가 이상한가요?"

#38 오늘도~맛있다 담배 이코이의 선전 문구 패러디.

잇시키의 의미심장한 탄식에 코마치가 눈살을 찌푸렸다. 거기에 대고 잇시키는 손을 팔랑팔랑 저었다.

"아니, 됐어. ……홍차는 유키노 선배가 더 잘 끓이는구나 싶어서."

"아아…… 아무리 그래도 유키노 언니랑 비교하면 뭐……."

코마치는 달관한 듯 한숨을 내쉬고 이해한다는 양 고개를 끄덕였다. 하지만 나는 동의하지 못하고 물음표를 띄웠다.

"응? 그렇게 맛이 달라?"

또 한 모금 홀짝여 시음해본다. 잠시 입에 머금고 확인해보지만, 혀 위로 퍼지는 것은 역시나 홍차의 맛이다. 이게 우롱차나 녹차로 변했다면 아무리 나라도 차이를 알겠지만, 홍차는 어차피 홍차다.

대체 뭐야…… 전혀 모르겠어……. 어떻게 다르냐는 눈으로 홍차를 끓인 본인을 보니 코마치는 어깨를 으쓱이고 난처하게 웃었다.

"찻잎은 똑같은데……."

그러고는 턱을 잡고 생각에 빠졌다.

"……역시 그게 다른가."

"오, 뭔가 바뀌었어?"

내 질문에 코마치는 애매하게 웃음 지었다.

"왜, 요리는 애정이라고 하잖아."

오우~! 그러면 이 홍차에는 사랑이 담기지 않았다는 말인가~! 하긴 뭐, 방금 코마치는 빠르고 쉽게, 달리 말하면 대충

끓였지. 자주 요리를 하니까 솜씨가 좋다고만 생각했는데…… 설마 평소부터 사랑이 없었어?

"아니, 그냥 역량 차이예요. 유키노 선배는 제법 정성을 들이거든요."

그만 코마치의 사랑을 의심해버렸지만, 잇시키가 그것을 부인해줬다.

"흐음, 그래……?"

유키노시타가 홍차를 끓이던 모습을 돌이켜보지만, 그 정성이란 게 무엇인지 좀처럼 떠오르지 않았다. 손놀림이 우아하다고는 생각했지만, 유키노시타는 홍차를 끓이는 동작뿐 아니라 모든 행동거지가 세련되어 차이를 모르겠다.

결국 아는 만큼 보인다는 뜻이겠지.

잇시키는 종이컵을 들고 또 한 모금을 마셨다.

"유키노 선배 건 『홍차!』라는 느낌인데 오코메 건 『차……』라는 느낌이에요. 집에서 물 대신 마시는 그런 맛."

"비유를 해도 꼭……. 아니, 이해는 된다만."

나는 실제로도 집에서 코마치가 내주는 차를 마셔서 그런지 정말로 내 집 같은 편안함을 느꼈다. 좋게 말하면 소박하고 편안하다고 해야 할까…….

대놓고 욕을 한 것도 아니라서 코마치도 어떻게 반응할지 갈피를 잡지 못했다.

"그건 역량이 아니라 이미지 문제 아닌가요……?"

코마치가 살짝 어이없게 웃으며 말하자 잇시키는 순순히 수긍했다.

"뭐, 그것도 있지만."

"코마치가 어떻게 할 수 없는 문제잖아요……."

코마치는 하하 메마른 웃음소리를 내고 포기한 표정을 지었다. 그런 말은 하는 게 아니야[#39], 라고 말하는 토라 씨 버금가게 어깨를 으쓱인다.

우리 집은 서민적인 가정이니까……. 맛은 물론 몸짓이나 행동에 촌스러움이 묻어나도 어쩔 수가 없다. 상위 계층의 냄새가 나는 유키노시타 집안과 비교하면 안 된다.

하지만 코마치의 매력은 그런 촌스러운 친근감에 있고, 그것이 『세계의 여동생』라고 불리는 이유다.

그렇게 내가 역설할 필요도 없이, 이미 잇시키도 그 점을 이해하는 듯했다. 자기도 안다는 양 고개를 끄덕끄덕하고 있었다.

하지만 무슨 생각이 들었는지 갑자기 고갯짓을 멈췄다.

그리고 코마치 쪽으로 몸을 돌리고 어깨에 걸린 머리카락을 손등으로 걷어냈다.

아니, 손으로 넘길 만큼 길지도 않잖아……. 잠깐만? 이거 데자뷔? 내가 혼란에 빠진 사이 잇시키는 두어 번 더 머리를 넘기고 그 손을 관자놀이에 댔다. 그리고 한숨 쉬면서 고개를 살살 저었다.

"어머, 그건 아니잖니? 코마치, 기왕 흉내를 내려면 홍차 끓이는 법도 따라 해주면 고맙겠구나."

#39 그런 말은 하는 게 아니야 영화 『남자는 괴로워』에서 주인공 토라가 자주 쓰는 말.

빠바아아암 소리가 들릴 정도로 잇시키는 세상 우쭐하게 미소 지었다.

그 순간 나와 코마치는 입안으로 크흡 웃음을 터뜨렸다. 괜히 참으려다가 괴상한 소리가 튀어나오고 말았다.

코마치는 결국 참지 못하고 폭소했고 한참을 웃다가 눈을 닦으며 잇시키를 절찬했다.

"이로하 선배, 제법 하네요~! 똑같아요, 똑같아!"

칭찬을 들은 잇시키는 자랑스럽게 가슴을 내밀었다.

"그치? 역시 유키노 선배는 이 뻐기는 느낌이 포인트라니까."

"뻐긴다고 하지 마……."

본인한테 그럴 의도는 없다.

……라고 생각하지만, 실제로는 어떻지? 그 애, 가끔 일침을 가하고 엄청 뿌듯한 표정을 지을 때가 있단 말이지. 물론 그 우쭐거리는 느낌도 딱히 싫어하지는 않고 오히려 귀엽기까지 해서 앞으로도 우쭐우쭐했으면 좋겠다. 그런 인간미도 후배들에게 사랑받는 이유 중 하나일 테고.

후배들을 보니 두 사람 모두 턱을 당기고 머리를 살랑거리며 우쭐한 미소를 연습 중이었다. 그리고 굉장히 유쾌하게들 웃으신다.

곧 흉내 시합은 잇시키의 승리로 끝났는지 코마치는 짝짝 박수치고 대단한 솜씨라며 고개를 크게 끄덕였다.

"와, 역시 흉내는 악의가 들어가야 비슷해지네요. 대단해요."

"악의 없거든!"

코마치의 말에 잇시키가 책상을 탕탕 치면서 불같이 항의했다. 하지만 코마치는 어리둥절한 얼굴로 고개를 갸우뚱할 뿐이었다.

"그래요?"

코마치는 과할 정도로 순진무구한 눈길을 보내고 있었다. 그 눈동자 깊은 곳에는 채 숨기지 못한 희열이 엿보였다.

"당연하지! 얘는 정말 나를 어떻게 보는 거야……."

잇시키는 못마땅하게 신음하다가 가늘게 찌푸린 눈으로 코마치를 봤다.

그러나 그 눈빛에도 아랑곳하지 않고 코마치는 볼에 손을 대고 몸을 꿈틀대면서 이상하게 늘어진 애교 섞인 말투로 말했다.

"네에~? 그래도~ 이로하 선배는~ 항상 그런 식이잖아요~? 제 눈에는 꽤 닮았는데요~?"

"그거야, 그거. 그게 악의 있는 흉내야. 선배님, 얘 개념을 어디 팔아먹었나 봐요."

잇시키가 그렇게 항의하지만, 그 전혀 닮지 않은 흉내를 단번에 알아보긴 한 모양이다. 침이라도 퉷 뱉을 것 같은 분위기였다.

하지만 코마치 딴에는 회심의 연기였는지 흡족하게 에헤헤 웃었다. 아니, 의외로 잇시키가 알아봐 줘서 기쁜 건가? 뭐야, 얘네 사귀나 봐……. 관점을 바꾸니까 지금 대화도 어쩐지 훈훈하게 들려.

"응, 역시 악의가 있어야 닮네요!"

그렇게 생각했는데 그냥 악의밖에 없었어! 코마치는 한 방 먹였다는 것처럼 만족스럽게 숨을 내쉬었다.

"안 닮았대도 그러네……."

잇시키는 기막힘과 체념이 섞인 한숨을 뱉었다.

그리고 나를 슬쩍 곁눈질했다.

"안 닮았죠?"

내게 물어보는 터라 자신 있게 대답했다.

"그래. 영악함이 부족해, 영악함이."

"옹호를 해도 기쁘지가 않은데요……."

내가 힘주어 단언하자 잇시키는 지긋지긋한 기색으로 어깨를 떨어뜨렸다. 아니, 내 나름대로 제법 신빙성 있는 이유라고 생각한다만…….

"그보다 전 딱히 영악하게 군 적 없는데요?"

그러면서 잇시키는 볼을 부풀리고 고개를 홱 돌렸다.

"아니, 그런 행동이 영악하다는 거 아닌가요? 이 사람, 무섭네……. 설마 무의식중에 하는 건가……?"

잇시키의 행동에 코마치는 감탄, 혹은 경악하며 말했다. 하지만 그 의견은 다소 얄팍하다고 생각한다.

나는 목 상태를 확인하면서 책상 위에 팔을 올리고 겐도 포즈를 잡았다. 그리고 낮은 목소리로 이의를 제기했다.

"코마치, 그건 아니야."

그 목소리가 너무나 진지해서였을까, 코마치와 잇시키가 놀라며 나를 봤다. 그 눈빛에는 긴장감이 감돌았다. 나는 있는 대로 무게를 잡고 무척 중요한 사실을 논하듯 말했다.

"잇시키는 영악하다는 자각이 있어. 하지만 그냥 영악한 게 아니지. 영악함을 기본으로 깔고, 그걸 전면에 드러내지 않으면서 『영악한 줄 알지만, 이게 저인걸요』라는 철면피를 쓴 거야……."

한번 말을 끊고 충분히 뜸을 들인 뒤 나는 마지막으로 말했다.

"……이른바 타협하지 않는 영악함이지."

내가 피식 웃음을 곁들이고 말을 마치자 한순간 정적이 내리깔렸다.

그리고 코마치가 끔찍하다는 투로 말했다.

"으아, 저런 말 하면서 부끄럽지도 않나……. 그래도 그 해설은 어느 정도 공감되니까 넘어갈게."

코마치는 납득한 눈치로 고개를 크게 끄덕였다.

"그렇지? 그게 잇시키의 좋은 점이야."

"이해해, 이해해. 귀여움 어필에 최선을 다하는 자세가 멋있어."

"바로 그거지."

예기치 않게 나와 코마치의 『잇시키 이로하 좋아하는 점 발표 대회』가 개최되고 말았다.

그거 말고도 많이 있다고~! 이로하스의 좋은 점!

자, 다음은 어느 카드를 꺼낼까~! 외모는 말할 것도 없지만, 그걸 면전에서 말하면 듣는 쪽이나 말하는 쪽이나 부끄러우니까 넘어가자. 더 정신적인 부분이나 내면을 평가하고 싶다. 그렇다면 역시 그건가? 독특한 거리 좁히기 테크닉. 관심 없는 사람을 완전히 무시하는 주제에 익숙해지면 스스로 말을 걸어주는 점이 야생동물과 교감하는 듯한 따스한 기쁨을 선사해준다.

그렇게 일장 연설을 펼칠까 했지만, 그것을 가로막듯 누가 내 소매를 쭉 당겼다.

돌아보니 고개를 숙인 잇시키가 부들부들 떨고 있었다.

"저, 그거…… 그만하면 안 될까요……? 그런 거 정말 창피해서 못 듣겠다고요……. 그리고 하나도 안 맞는데요……."

잇시키는 얼굴을 확 붉히며 웅얼웅얼 빠르게 말했다. 그리고 손바닥으로 얼굴을 파닥파닥 부치고는 숨을 푸하 내쉬었다. 눈은 쭉 발밑으로 가 있어서 황갈색 머리카락 사이로 빼꼼 고개를 내민 빨간 귀가 도드라져 보였다.

직설적인 칭찬에 진심으로 부끄러워하는 잇시키라니, 이런 귀한 모습을……. 나도 모르게 빤히 바라보고 말았다.

그것은 코마치도 마찬가지였다. 잇시키를 관찰하려는 심산인지 몸까지 앞으로 구부려 얼굴을 들여다보고 있었다.

그 시선에서 도망치려고 잇시키가 고개를 옆으로 휙 돌렸다.

그러자 코마치는 후후후 웃음을 흘렸다.

"아니긴요, 사실인걸요. 이로하 선배는 멋져요. 주변 반응이 어떻든지 자기 스타일을 밀어붙인다…… 아무나 할 수 있는 일이 아니에요. 도리어 존경스럽다니까요. 야아, 멋있다 멋있어……."

"그만그만, 야 그만하라고 오코메."

코마치는 눈을 감고 존경하는 사람에게 고백이라도 하는

것처럼 칭찬을 늘어놓았다. 잇시키가 뜯어말리려고 어깨를 잡고 흔들어대도 코마치는 멈출 기미가 없었다.

"누구에게 미움받아도 전혀 흔들리지 않는 멘탈! 누가 뭐라고 해도 신경 쓰지 않는 자세! 멋있어요!"

"……흔들리고 신경도 쓰거든."

봇물 터진 것처럼 말을 쏟아내는 코마치에게 잇시키는 당혹 반 기겁 반으로 반박했다. 하지만 그러거나 말거나 코마치는 주먹을 앞으로 내지르며 계속해서 소리 높여 칭찬했다.

"주위에 휘둘리지 않는 강인함! 소문이나 험담에도 끄떡없어! 역시 이로하 선배! 그래서 짜릿해! 동경하게 돼!"

"아니아니, 미움받으면 나도 힘들거든? 소문이나 험담 들리면 엄청 기죽거든?"

잇시키는 앞으로 내민 손을 붕붕 흔들면서 코마치의 말을 전면 부정했다. 하지만 코마치는 잇시키를 본체만체 살포시 가슴에 손을 대고 황홀하게 눈을 감았다.

"사람에게 미움받아도 자신을 관철하는 이로하 선배, 언제나 멋있다고 생각했어요……."

"잠깐만? 나 그런 사람으로 만들지 말자? 나라면 미움 사도 어쩔 수 없다는 식으로 유도하지 말자?"

"코마치는 이로하 선배의 그런 점, 존경스러워요."

"오코메, 귀먹었어? 나 엄청 사랑받고 싶거든? 뭐야, 오코메 너 나 싫어해?"

잇시키가 불쾌하게 묻자 코마치는 놀라는 척하며 고개를 갸웃거렸다.

하지만 즉각 천연덕스러운 얼굴로 대답했다.

"뒤집어서 생각하면 제법 진심으로 그런 점 좋아해요."

빙빙 돌려서 능청스럽게 말한 탓인지, 잇시키는 두세 번 눈을 깜빡였다. 하지만 곧 말뜻을 이해한 듯했다.

멍하게 벌어진 입을 꽉 다물고 입속으로 우물거리더니 앞머리를 매만졌다.

"흐, 흐응…… 그래……?"

코마치는 그 모습을 보며 싱글싱글 웃었다.

그리고 나는 훗…… 하고 냉소적이면서도 댄디하게 쓴웃음을 흘리며 둘을 지켜봤다.

하지만 사실 마음속으로는 그 아름다운 광경에 오열하고 있었다. 퍄퍄퍄, 미쳤다. 평소에는 장난을 잘 치는 이로하가 장난을 잘 치는 코마치에게 당하고 있어.

코마치도 장난으로 놀리는 거겠지만, 아예 마음에도 없는 말은 아닐 것이다. 하는 말은 대체로 틀리지 않았다. 잇시키는 주위 반응이 어떠하든 자기 자신을 관철하는 점이 멋졌다.

한편, 잇시키 본인이 말하다시피 안 좋은 말을 들으면 기죽기도 하겠지. 하지만 그렇게 기죽거나 낙담하고 고민하면서도 결국에는 누구보다 귀엽고 상큼하게 웃어 보이는 것이 잇시키의 멋진 부분이었다.

안 되겠구만. 이대로 가다가는 제2회 『잇시키 이로하 좋아하는 점 발표 대회』가 개최될 판국이다. 다음에야말로 내가 이긴다…….

내가 혼자 투쟁심에 불타는데 잇시키는 쑥스러움을 숨기려는 듯 헛기침하고 종이컵을 앞으로 내밀었다.

"……한 잔 더."

낮게 쭝얼거린 잇시키의 종이컵은 이미 비어 있었다.

서민적이니 뭐니 했어도 잇시키는 코마치가 내준 홍차를 남기지 않고 다 마셨다.

그 컵을 본 코마치가 기쁘게 웃었다.

"네!"

서둘러 티 포트를 들어 홍차를 따르는 코마치와 들릴락 말락 고마움을 표하는 잇시키.

그 모습을 보고 나는 벌써 제3회 『잇시키 이로하 좋아하는 점 발표 대회』 실행 위원회 구성을 생각하기 시작했다.

× × ×

홍차와 과자를 먹고 한숨 돌렸을 무렵, 나는 불현듯 떠올렸다.

봉사부 흉내 대회나 『잇시키 이로하 좋아하는 점 발표 대회』를 하다가 매드 티 파티가 벌어졌지만, 애초에 잇시키는 무슨 용건으로 온 것인가?

"잇시키."

"놰에?"

잇시키는 쿠키를 씹어 먹으면서 바로 다음 쿠키를 집으려고 손을 뻗는 중이었다.

"너, 무슨 볼일 있지 않았냐?"

그 말에 손이 우뚝 멈췄다.

"아."

"아."

잇시키나 코마치나 까맣게 잊고 있었다는 표정이었다. 나도 완전히 잊었던 탓에 나무랄 생각은 전혀 없었다.

잇시키는 쿠키로 가져가던 손을 살며시 뺐다. 그리고 다리 위의 치마 주름을 펴고 자세를 바로잡아 분위기를 환기했다.

"일단 일이라면 일이에요. 좀 상담하고 싶은 일이 있어서……."

턱 끝에 검지를 대고 아까 했던 말을 토씨 하나 안 틀리고 그대로 되풀이했다.

"오, 들어볼까요?"

하지만 이번 코마치는 유키노시타 흉내를 내지 않고 진지한 표정으로 말을 받았다.

잇시키는 고개를 끄덕였으나, 역시 눈은 부재 중인 유키노시타와 유이가하마의 자리로 가 있었다.

"사실 유키노 선배랑 유이 선배도 있는 편이 좋은데……."

"그럼 다음에 와도 돼. 다음 주든 다다음 주든 다다음 달이든. 알았지?"

코마치를 보자 코마치도 동의했다.

"……오빠는 미루고 싶어서 안달이 났나 보지만, 어떻게 하실래요?"

"잠깐만, 내 의도를 정확하게 해설하지 말아줄래?"

어쩜 좋아! 같은 직장에 동생이 있으면 뺀들뺀들 일을 피하던 내 방식이 안 먹혀! 먼저 그런 식으로 말하면 내가 어떻게 변명해도 소용없잖아.

내가 전전긍긍하는데 잇시키는 그다지 신경 쓰는 내색도 없이 귀찮다는 듯 손을 휘휘 젓고 있었다.

"아, 괜찮아 괜찮아. 항상 이 모양이니까."

어쩜 좋아! 처음부터 다 알고 있었나 봐! 하기야 잇시키와 알고 지낸 지도 오래됐으니까. 내가 할 말은 대충 예상되겠지.

실제로 잇시키는 여유롭게 훗 웃었다.

"게다가 이럴 때 대처법도 알고."

그러면서 잇시키는 목 상태라도 확인하는 것처럼 흠흠 목을 가다듬고 자세를 고쳤다. 그리고 의자를 덜컥덜컥 움직여 내 정면으로 돌아앉았다.

"선배님……."

연약하게, 살며시 떨리는 목소리로 나를 부른다. 컬러 립밤을 발라 윤기가 흐르는 연분홍빛 입술에서는 뜨거운 숨결이 새어 나오고 가련하게 젖은 눈동자가 나를 올려다봤다.

"……안 될, 까요?"

힘없이 끊어진 말을 중얼거리고 떨리는 손가락이 교복 가슴언저리를 꼭 잡았다. 그 음성, 몸짓, 표정, 모든 것이 애절했다.

이렇게 부탁하면 함부로 내치기 어렵다…….

내가 우물쭈물하는 사이 잇시키는 다시 돌변해 사람을 무시하는 웃음을 지어 보였다.

"헷. 봐, 이거면 한 방이지."

"오~."

어떠냐고 가슴을 편 잇시키에게 코마치가 박수를 보냈다. 그래도 나는 씁쓸하게 지적하지 않을 수 없었다.

"아니, 아무리 그래도 나를 너무 우습게 보잖아. 이미 익숙해졌고 연기에 성의도 없고……. 진심인지 아닌지 정도는 바로 알아차린다고."

그렇다고 가슴이 안 뛴다고는 안 했지만요!

속마음을 꾹 숨기면서 나는 언짢은 표정을 보였다.

그러자 잇시키는 의기양양하던 미소를 싹 거두고 큰 눈을 가늘게 찌푸려 쌀쌀한 표정을 지었다.

"흐응."

잇시키는 회의심 그득한 소리를 내더니 무슨 생각인지 씨익, 고혹적인 미소를 지었다.

그리고 손을 뻗어 내 소맷부리를 잡고 꾹 당겼다. 상반신이 기운 내 귓가로 잇시키가 속삭였다.

"……진심, 보여드려도 돼요?"

은밀한 목소리는 달콤한 물기를 머금은 듯, 귓속에 머물지 않고 등줄기까지 떨리게 했다. 간지러움에 등이 꼿꼿이 섰다. 잇시키의 얼굴을 보자 반들거리는 입술에 손가락을 살포시 얹고 요염하게 미소 지었다.

사람을 시험하는 듯한 눈빛을 뿌리치고 나는 미세하게 고개를 저었다.

"하지 마 하지 마 왠지 무서워 제대로 들을 테니까 하지 마."

얼버무리려고 빠르게 말하자 그 당황하는 모습에 만족했는지 잇시키는 내 옷에서 손을 뗐다.

"봤지?"

"오빠, 쉬운 남자였네~."

코마치가 나를 무시하는 눈길을 보냈다. 아니, 그게 아니라니까. 딱히 잇시키가 문제가 아니라 그냥 귀가, 귀가 좀 약할 뿐이야…….

그렇게 변명에 섞어 은밀한 취향을 폭로했다가는 무시를 넘어 멸시하는 눈길로 바뀔 것이다.

나는 코마치의 눈길에서 벗어나는 김에 목과 어깨를 우득우득 돌렸다.

"그보다 진짜 뭐 하러 왔냐고, 너."

방금 대화는 마치 없었던 일인 양 내가 화제를 돌리자, 잇시키는 어떻게 설명할지 생각하려고 팔짱을 끼고 턱에 손을 댔다.

"음, 자세한 이야기는 유키노 선배랑 유이 선배가 있을 때 하겠지만, 일단 사전 통보라도 해둘게요."

"그래?"

사전 통보라는 단어 선정이 굉장히 불길한데…….

사회인의 세계에서 사전 통보란 가드 불가 사망 선고라고 들었다.

처음에는 「다음 달에 시간 있어? 어쩌면 부탁할 일이 생길지도 몰라. 뭐, 아마 괜찮겠지만~」 정도로 가볍게 말하는 주제에 나중에 낭떠러지까지 몰린 상태에서 갑자기 들이닥쳐서 「내가 일정 비워두라고 했지?」라며 펄쩍 뛴다는 이야기를 들은 적이 있다.

하지만 무슨 일이냐고 물어봐 놓고 그 사전 통보를 듣지 않을 수도 없었다. 나는 눈짓만으로 뒷말을 재촉했다.

잇시키는 살짝 고개를 끄덕이고 본론을 말했다.

“사실은요, 여름방학에.”

“안 도와.”

“오빠, 빨라! 너무 빨라! 눈에도 안 보이는 빠른 거절! 코마치가 아니면 알아채지도 못했을 거야.”

약발 보고 승룡권을 날릴 정도의 미친 반응 속도에 코마치가 놀라 소리쳤다.

야야, 솔직히 여름방학은 아니지……. 방학이라는 두 글자가 안 보이냐고. 게다가 일단 나도 수험생이다. 수험생활의 최대 승부처라는 여름방학에 딴짓을 할 여유는 없다. 가뜩이나 전혀 공부 안 했는데!

하지만 그런 내 사정은 잇시키도 이해하는지 싱겁게 고개를 끄덕였다.

“아뇨, 딱히 사람이 필요하지는 않아요. 저도 여름방학에 3학년을 동원할 정도로 악랄하지는 않아요.”

“어, 그러냐…….”

잇시키는 앞으로 내민 손을 저었지만…… 정마알? 제법 악랄하지 않던가~? 내가 의심의 눈길을 보내자 잇시키는 부루퉁하게 입술을 내밀었다.

“정말이라니까요. 부회장도 안 부를 거예요.”

“오호…….”

잇시키 이로하 피해자 모임 대표인 부회장이 노역에서 면제됐다면 믿어도 되겠지……. 이제 안심하고 이야기를 들을 수 있겠다.

“그래서 뭐 하려고?”

“입학 희망자를 대상으로 학교 설명회가 있어요. 설명회 자체는 학교 측에서 하니까 학생회는 허드렛일이나 하겠지만요.”

“학교 설명회라…….”

나는 흠흠 맞장구쳤지만, 사실 그게 뭔지 잘 몰랐다. 확인차 코마치에게 말을 돌렸다.

“이 학교, 그런 것도 해?”

하지만 코마치의 반응은 미적지근했다. 응? 하고 고개를 기울이고 눈은 천장으로. 그리고 잠시 생각하더니 고개를 절레절레 저었다.

“글쎄? 있었나……?”

“뭐어? 너, 얼마 전까지 수험생이었잖아……?”

“그래도 설명회는 안 갔으니까……. 그러는 오빠도 3년 전에는 수험생이었으면서.”

“그런 옛날 일 기억 안 나…….”

중3 여름방학은 학원 여름 특강 정도밖에 추억이 없다.

이 학교도 붙을 만하니까 시험을 쳤을 만큼 생각 없이 살던 나다. 설명회 같은 건실한 이벤트에 참석할 리가 없다.

아니, 소문으로 들리는 구직 활동처럼 설명회 참가가 신청 필수 조건이거나 인턴처럼 차후 채용에 유리하게 작용한다면 이야기가 다르지만.

그래도 딱딱하고 형식적인 설명이라면 사양한다.

애초에 그런 설명을 제대로 듣는 사람이 드물다.

가전제품도 그렇지만, 많은 사람은 설명서를 제대로 읽지 않는다. 대개는 시험 삼아 아무거나 눌러보고 「……아하, 대충 알았어」라면서 기능의 80퍼센트를 썩히는 것이 세상의 상식이다. 나라고 예외는 아니다. 우리 집 드럼 세탁기에 공기 다리미라는 정체불명의 기능이 있는 것을 어제 알았을 정도다. 너무 공기 기능이잖아.

우리의 처참한 반응도 예상했었는지, 잇시키는 포기한 것처럼 어깨를 으쓱했다.

"그럴 테죠. 저도 간 적 없는걸요. 그래서 기본은 보호자 대상 이벤트인데……."

잇시키는 땅이 꺼지게 한숨 쉬고 또 어깨를 으쓱였다.

"그래도 일단 중학생도 오긴 온다니까 준비는 해야 하거든요."

"준비요? 뭘 하는데요?"

코마치가 눈을 깜빡이며 묻자 잇시키는 귀찮게 답했다.

"우리 학교가 어떤 곳인지 얘기하거나 실제로 건물을 돌아보는 투어를 돌거나……. 그리고 질문을 받거나?"

내용은 아직 뚜렷하게 정해지지 않았는지 잇시키는 아래턱에 손가락을 대고 하나하나 생각하면서 말했다.

흠…… 대충 맞장구치면서 듣다 보니 어렴풋하게 학교 설명회의 개요가 파악됐다.

특히 견학 투어라고 하니까 아주 상상하기 용이했다.

중학생에게는 고등학교 건물에 들어오는 것만으로도 일종의 이벤트니까 좋아하겠지. 적어도 내가 중학생이라면 조금 기대할 것 같다.

상상해보자. 레츠 이매진.

—여름방학.

찌는 듯한 더위로 아스팔트에 피어오르는 아지랑이.

멀리서 들리는 쇠방망이의 경쾌한 타격음과 귀를 찌르는 매미 소리.

반면, 학교 건물 안은 정적에 휩싸인 채 시원하기까지 하다.

인기척이 끊긴 건물. 고요한 복도.

느슨하게 입은 여름옷, 얇은 치마.

앞을 걷는 예쁜 선배.

견학하는 길에 지원 동기가 뭐냐고 물어서 「집에서 제일 가까우니까」라고 답하는 나. 선배는 「그게 뭐야」라며 어이없이 웃는다.

그런데 헤어질 때.

선배가 내 소매를 당기고 어깨를 잡더니,

"……기다릴게."

라고 속삭이며 미소를—.

……응, 좋구만. 좋아. 나도 그 투어에 참가할 수 없나?

그런 속마음은 내색도 하지 않은 채 나는 심사숙고하는 것처럼 신음했다. 하아, 좋아……. 좋구만……. 으음, 좋아…….

"그러니까 오픈 캠퍼스 같은 건가?"

"아, 그러네요."

잇시키는 턱에 댔던 손가락으로 나를 가리켰다.

그렇군. 오픈 캠퍼스라면 대충 상상이 된다.

체육관이나 강당 단상에서 교사들이 열변을 토하며 설명해 봤자, 보호자는 몰라도 중학생이 제대로 이야기를 듣지는 않을 것이다.

중3, 다시 말해 열다섯 살은 오토바이를 훔쳐 타거나 밤에 학교 창문을 깨고 다닐 나이. 그렇다면 실제로 학교를 안내해서 깨기 쉬운 창문의 위치를 알려주는 편이 훨씬 학교에 대한 관심을 끌 수 있다.

납득하는 내 맞은편에서 코마치도 손을 탁 쳤다.

"오오! 오픈 캠퍼스! 들은 적 있어……."

"알아? 오코메."

느릿하게 팔짱을 끼고 신음하는 코마치에게 잇시키가 날카로운 눈빛을 쐈다. 코마치는 굉장히 무게 있게 고개를 끄덕이고 책상에 있던 공책을 팔랑팔랑 넘겼다.

"네. 오픈 캠퍼스, 그건 공책을 여는 마법의 단어……."

"전혀 아니야."

잇시키가 즉시 정색하고 손을 저으며 냉담하게 답하자 코마치는 더듬이를 더듬으며 무안하게 에헤헤 웃었다.

어쩜 좋아! 코마치는 장난꾸러기! 귀여우니까 용서하지만, 만약 진심으로 한 소리면 그 캠퍼스 노트에 평생 반성문 쓸 줄 알아☆

"그래도 대충 짐작은 돼요. 구체적으로는 잘 모르겠지만."

그러면서 코마치는 나를 힐끗거렸다. 그 시선이 「그래서 그게 뭔데?」라고 설명을 요구했다. 좋다, 내가 알려주마.

"오픈 캠퍼스는…… 쉽게 말하면 대학이나 전문학교를 견학하는 행사야. 체험 수업이나 학식 시식, 연구실 구경…… 그리고 서클 소개? 대충 그런 일을 한다더라."

그러자 코마치가 짝짝 박수를 쳤다.

"오~ 역시 수험생."

"이 정도쯤이야."

냉소적으로 훗 웃어 보이지만, 나도 실제로 가본 적은 없다.

그러나 고3이라면 주위에서 수험과 관련된 이야기가 자주 들리니까 자연스럽게 그런 말을 주워듣는다. 가끔 있단 말이지, 「어디어디 오캠은 괜찮대」, 「올해는 경영학과가 재밌대」, 「근데 너 그 대학교 전설 아냐?」라며 유난히 자세히 알려주는 사람. 미연시에 나오는 주인공 친구냐?

그렇게 주워들은 지식을 늘어놓자 잇시키가 맞장구를 쳐줬다.

"체험 수업이나 시식은 힘들지만요. 대략적인 견학 투어와 동아리 소개 정도는 할까 싶어요."

"오호……. 괜찮지 않겠어? 잘은 모르겠다만."

"와아, 무성의해……."

코마치는 지긋지긋한 얼굴로 말하지만, 실제로 달리 할 말이 없었다. 애초에 학교 설명회 같은 딱딱한 이벤트에 굳이 찾아오는 의욕 넘치는 인간은 뭘 해도 좋아할 거다. 더불어 안내나 소개를 예쁜 선배가 해주면 남자는 기뻐 날뛰고 여자는 존경심을 가지겠지.

그러니까 괜찮지 않겠냐고 나는 마냥 낙관적으로 생각했지만, 잇시키의 얼굴에는 근심이 어른거렸다.

왜 그러냐고 눈빛으로 물었다. 잇시키는 주저하며 한숨 쉬고 난감하게 인상을 썼다.

"그래서 그 동아리 소개 자료를 만들어야 하거든요……."

말을 한 번 끊고 아주 잠깐 그 눈이 코마치를 향하지만, 잇시키는 곧 내게로 얼굴을 돌리고 말을 이었다.

"봉사부는 어떻게 할래요?"

"그걸 나한테 물어도……."

반사적으로 애매모호하게 말을 흐렸다.

잇시키는 그럴 줄 알았다는 식으로 웃으면서도 눈빛은 절실하고 진지했다. 그렇게 빤히 바라보면 나도 그 물음의 저의를 생각할 수밖에 없다.

아마도 단순히 업무상의 의문은 아닐 것이다.

앞으로 이 동아리가 나아갈 방향을 묻는다는 기분이 들었다.

문득 오늘 부실에 왔을 때 했던 상상이 고개를 치밀었다.

내년, 혹은 내후년.

석양 속에서 책을 읽는 소녀.

이 부실에 혼자 남은 코마치.

그 공상이 현실이 되지 않게 하려면 신입생에게 선전하는 게 최선이다.

그렇지만 그것을 내가 자의적으로 결정해서는 안 된다.

이 동아리는, 이 장소는 코마치가 지켜준 곳이다. 사라져도 어쩔 수 없다고 포기했던 것을 코마치가 이어주었다.

지금 나는 그 은혜에 빌붙어 있는 뿐이었다.

이 장소가 코마치를 속박하지는 않을까, 하는 일말의 불안을 품은 채.

"으으…… 글쎄요……."

돌아보니 코마치는 골치를 앓으며 머리를 쥐어뜯고 있었다.

"생각해본 적이 없어서요……."

그리고 내 눈치를 살피고 둘만 있을 때 했던 것과 비슷한 말을 했다. 구체적인 답은 내놓지 않았지만, 그 에두른 표현에 부정적인 어감이 묻어나는 것은 분명했다.

코마치가 당분간 보류를 바란다면 그건 내가 이어받겠다. 보류, 미루기, 시간 끌기는 내 전문 분야다.

"그 자료, 안 올리면 불이익이라도 있어?"

내 질문에 잇시키는 눈썹을 팔자로 뜨고 생각했다.

"일단 정식 동아리니까 아예 안 하면 인상이 나빠지겠죠.

아마 학교 쪽에서도 체크할 테니까요."

"그렇구만……."

학교 설명회에서 배포하는 자료는 학교도 확인 없이 내보내지 않을 것이다.

정식 동아리로 존재하는데 자료에 기재되지 않으면 그 점을 지적하거나 확인할 가능성이 컸다.

올리지 않으려면 합당한 이유가 필요하겠지.

안 그래도 봉사부는 활동 내용이 두루뭉술한 수상한 동아리다.

괜히 눈에 띄면 학교도 수상하게 여길지 모른다. 부원인 나조차 『봉사부가 뭐야? 별 웃긴 게 다 있네』라고 생각할 수준이다. 미래의 귀찮은 사태를 피하기 위해서도 트집거리를 만들지 않는 게 최선이다.

구렁이 담 넘어가듯 어물쩍 넘길 수 없을까 머리를 굴리는데 잇시키가 조용히 한숨 쉬었다.

"알겠어요. 코마치의 독단으로 정하기는 어려우니까 내일 유키노 언니랑 유이 언니가 오면 얘기해볼게요."

코마치는 가슴 앞으로 두 주먹을 모아 힘내자오! 하며 결의를 다졌다.

이번 사안은 향후 봉사부의 운영에도 영향을 끼친다. 유키노시타와 유이가하마에게도 생각이 있겠지. 내게도 있다. 그것을 말로 할지 말지는 몰라도, 전할 기회는 있어야 한다.

그렇다면 결론은 내일 이후에나 나겠군…… 그렇게 생각하다가 문득 깨달았다.

……내일?

"잠깐만, 내일은 좀 그래. 나 내일 없어."

내가 뜬금없이 반대하자 두 사람은 완벽히 똑같은 타이밍에 어리둥절하며 좌우 반대 방향으로 고개를 기울였다.

"그래요?"

"무슨 일 있었나?"

"입시 학원 견학. 가는 김에 청강도 듣고."

이래 봬도 수험생이다. 이 시기에 입시 학원을 고르는 시점에서 엄청나게 뒤처진 편이지만. 내가 살짝 으스대듯 말하자 두 사람은 털끝만큼도 관심 없다는 얼굴로 무심하게 반응했다.

"아, 그래요? 내일은 유키노 선배랑 유이 선배만 출근하나……. 그럼 얼굴 내밀까."

"오랜만에 여자끼리 모이겠네요!"

둘 다 기대에 차서 떠드는 데 미안하지만, 안타까운 소식을 전해드리겠습니다.

"음, 그게…… 유키노시타는, 못 올걸?"

말하면서 나도 모르게 눈을 돌려버렸다.

딱히 켕기는 구석이 있어서는 아니었다. ……그런데 왠지 죽을 만큼 창피한 기분이 엄습했다.

그 모습이 이상했는지 코마치와 잇시키가 으음! 하며 라쿠텐 카드맨[#40] 빰치도록 나를 주목했다.

#40 라쿠텐 카드맨 라쿠텐 신용카드의 광고용 캐릭터. CM 시작부터 끝까지 정면만 응시한다.

"아하, 그런 뜻……."

머지않아 코마치는 뭔가를 눈치채고 빙그레 웃었다. 한편, 잇시키는 혀를 찰 것처럼 인상을 팍 쓰고 들으란 듯이 한숨 쉬었다.

"푸하—! 나왔다, 입시 학원 견학한다면서 연애질하는 구린 데이트!"

"구리다고 하지 마……."

힘겹게 반박해보지만, 데이트인지 아닌지는 심사 결과가 나와 봐야 알기 때문에 강하게 나가지 못하겠습니다.

× × ×

세상에는 청강이니 무료 체험이니 하는 편리한 서비스가 많지만, 그것들이 모두 선의로 돌아가지는 않는다.

예를 들어 한 달 무료라고 광고하는 구독형 서비스도 자세히 알아보면 두 달 이상 지속할 경우에만 첫 달 무료라고 은근슬쩍 적어놓고, 지금 가입하면 무료 사은품을 준다는 건강식품을 신청하면 계약 해지 페이지가 안 보여서 계속 물건이 도착하는 등 생각지도 못한 함정이 있는 법이다. 신청은 인터넷에서 쉽게 가능해도 해약은 전화로만 가능하다는 게 어떻게 되어 먹은 구조야? 그거 때문에 우리 집에는 아빠가 주문한 자라와 흑초의 마리아주가 어쩌고 하는 건강식품이 평생 먹을 만큼 쌓여 있다. 자라 근시일 내에 멸종하는 거 아니야?

옛말에 이런 말이 있다.

세상에 공짜란 없다.

대체로 무료 서비스에는 사람이 모르는 속셈이 숨어 있다. 어떤 형태로든 투자를 웃도는 이득이 있기 때문에 무료 서비스가 성립하며 어디선가 누군가는 불이익을 뒤집어쓴다. 자라는 멸종할 위기까지 뒤집어썼잖은가.

그러므로 고작 입시 학원의 견학, 청강이라도 나는 입학 자료의 세부 사항까지 읽는 노력을 아끼지 않는다. 어쩌면 교과서나 참고서보다 더 열심히 읽는지도 모른다.

그 자료를 읽으면 저출산이 심화된 오늘날은 어느 입시 학원이나 신규 고객 확보에 무진 애를 쓰는 모양이다.

오늘 견학한 학원도 보통 강의 스타일 외에 온라인 수업이나 다시 보기 서비스, 스마트폰 앱과 연동한 학습 지원, 개개인에 담당 멘토 붙이기 등 극진한 서포트로 가득하다.

그것들을 하나하나 직원에게 확인하고 질문하느라 시간을 꽤 잡아먹었다.

학원을 나왔을 때는 이미 해가 기울어 있었다.

기다릴라, 빨리 가야겠다…….

우리는 서로 듣는 수업이 달랐다. 그 후 견학과 관련된 질의응답 시간을 고려하면 학원을 나오는 시간은 달라진다. 그렇다면 미리 만날 곳을 정하는 것이 자연스러운 흐름이다. ……서로 만날지 말지 탐색하는 대화는 부자연스럽기 그지없었지만.

아무튼 역에서 가까운 카페에서 기다리는 것 자체는 결정됐다.

약속 장소로 가는 내 발걸음은 빨랐다.

해 질 녘의 석양빛 비치는 카페는 창에 블라인드를 쳐서 내부가 보이지 않았다.

하지만 그녀는 가장 안쪽 자리에서 책을 읽고 있으리라는 예감이 들었다.

가게로 들어가자 상상대로 구석진 자리에서 조용히 문고본을 넘기는 유키노시타를 찾을 수 있었다.

간접 조명과 블라인드 사이로 드는 저녁 햇살이 어우러져 그녀를 부각한 모습이 한 폭의 그림 같았다.

그저 앉아서 책을 읽을 뿐인데도 그렇게 눈길을 끈다. 저 유키노시타 유키노라는 소녀는.

전에도 이것과 비슷한 구도를 본 적이 있다.

그래도 크게 다른 점이 하나 있다.

그녀의 입은 누그러지고 문자열을 좇는 눈매는 부드러웠다.

그곳으로 발을 들여 그 경치를 망치지 않을까 하는 걱정도 이제는 없다.

카운터에서 빠르게 커피만 주문한 나는 그 자리로 다가갔다.

"미안. 오래 기다렸냐?"

말을 걸자 맞은편에 앉은 유키노시타가 고개를 들었다.

그리고 부드럽게 미소 지었다.

"아니. 나도 방금 도착했어."

그러면서 조용히 문고본을 덮고 가방에 넣었다. 하지만 말과 달리 테이블에 놓인 로열 밀크티는 이미 식을 대로 식었고 양도 많이 줄어 있었다.

컵을 보는 내 시선을 알아챈 유키노시타는 그것을 숨기려는 것처럼 작게 기침하고 컵을 들어 한 모금 마셨다.

"우리 쪽 수업이 좀 늦어졌어. ……그쪽도 그래?"

"수업 자체는 예정대로 끝났어. 그래도 학습 환경이나 스칼라십 쪽으로 확인할 게 많아서."

"흠……."

유키노시타는 흥미롭게 탄식하더니 갑자기 후훗 웃었다. 어딘지 모르게 즐거워 보이는 미소였지만, 지금 대화의 어디에 웃을 요소가 있는지 전혀 모르겠다.

"왜?"

유키노시타는 설레설레 고개를 젓고 또 즐겁게 미소 지었다.

"아니. 대학생 같은 대화라고 생각해서."

"그래? 어디가?"

너 대학을 어떻게 생각하는 거야? 근처에 있는 샘플이 그 누님이라서 편향된 거 아니야? 그 사람, 정말로 대학 다니긴 해?

내가 의문을 제기하자 유키노시타는 팔짱을 끼고 눈을 왼쪽 위로 뜨며 생각했다.

"그냥 상상일 뿐이지만……."

유키노시타는 그렇게 운을 띄우며 꿈을 꾸듯 나긋나긋 이야기했다.

"수업을 마치고 기다리는 상황 때문인지도 몰라. 다른 강의를 듣고 나서 학생식당에서 식사를 하며 이야기하면…… 이런 느낌이 아닐까 싶었어."

"아아, 대충 알겠다."

듣고 보니 분명히 닮았는지도 모르겠다.

그 상상 속에서 우리는 이미 교복 차림이 아니고 누군가가 정한 시간표를 따라가지도 않는다.

스스로 정한 옷을 입고 스스로 고른 강의를 듣고, 우리의 자유로운 시간을 카페테리아에서 함께 보낸다.

아마 지금보다 성숙한 표정이겠지. 하지만 지금과 다를 바 없는 대화를 나누고 있으리라.

그 모습을 한번 보고 싶기도 했다.

하지만 그렇게 되지는 않으리라는 생각도 들었다.

"……같은 대학이라면 그럴 수도 있겠지. 아마 안 되겠지만. 하하."

내 건조한 웃음소리가 유키노시타의 비위를 거슬렀나 보다.

"그냥 상상인데 뭐 어떠니. ……너는 가끔 쓸데없이 현실적이구나."

너는 가끔 쓸데없이 로맨티스트고……. 그렇게 말했다가는 저 삐죽한 입이 더 튀어나오겠지. 하지만 말하든 안 하든 유키노시타의 입술은 튀어나오고 삐친 듯 눈을 돌려버렸다.

"……그리고 아직 모르는 거잖니? 비슷한 곳을 노리니까."

그렇게 툴툴대고는 안 그러냐고 확인하듯 눈빛을 보냈다.

유키노시타는 국공립 인문계, 나는 사립 인문계로 각자 지망하는 방향성이 약간 달랐다.

이과 과목은 처음부터 버린 내가 국공립을 노릴 수는 없지만, 유키노시타는 병행해서 사립도 지원하는 것 같았다. 같은 대학에 다닐 가능성이 아예 없지는 않다.

그래도 그건 어디까지나 가능성의 이야기.

나는 죽었다 깨어나도 국공립을 노릴 수 없고 유키노시타도 굳이 내 수준에 맞춰서 대학을 고르지는 않을 것이다. ……안 하겠지? 그렇게까지 하면 기쁨을 넘어서 좀 무섭다고. 정말로 그런 사태가 벌어지면 나는 무슨 짓을 해서든 말릴 거다.

……그래도 카페테리아에서 기다려주는 모습에는 솔직히 마음이 콩닥거리기도 하는군요. 사실 아까도 좀 콩닥거렸습니다.

그러니까 그 절충안을 선택해야 한다.

"뭐…… 어느 쪽이건 큰 차이는 없겠지. 대학이 달라도 만날 텐데."

나는 턱을 문지르며 생각하는 척, 올라갈 것 같은 입꼬리를 숨기며 말했다. 내년 일은 알 수 없지만, 분명히 그렇게 되리라는 소망을 담아서.

유키노시타는 진의를 헤아리려는 양 나를 빤히 바라봤다. 그러다가 곧 삐죽하던 입술이 부드럽게 휘었다.

"그렇지…… 응."

끄덕 고갯짓하는 모습이 평소보다 꾸밈없고 아주 부드러운 인상을 줬다.

하지만 이내 평소처럼 호승심 어린 웃음을 지었다.

"물론 네가 재수를 하지 않았을 때의 이야기지만."

"내 제일 큰 불안을 정확하게 찌르지 말아주련?"

리얼 진심으로 마음을 후벼 판다고……. 우리 집은 부모님이 「재수는 인정 못 하니까, 점수되는 곳으로 가라」라는 방침이라서 재수하고 싶어도 아마 불가능할 거다. 그래서 이번 수험 공부에 모든 것을 걸어야 한다. 후에엥…… 한 번 실패하면 다시 못 올라가는 일본 사회 너무 무서운 것이에요…….

내가 덜덜덜 떨자 유키노시타는 기가 차서 어깨를 으쓱였다.

"그 꼴로 용케 스칼라십에 대해 물을 용기가 생겼구나."

"내게는 귀중한 돈벌이 수단이니까."

그러자 유키노시타는 이해했다고 고개를 끄덕였다.

"옛날에도 그런 소리를 했었지."

입시 학원 중에는 성적 우수자에게 장학금으로 수업료를 일부 면제해주는 곳이 있다. 이 스칼라십을 따면 부모님에게 받은 학원비 차액이 고스란히 내 주머니로 들어온다. 푼돈의 연금술사 탄생이다.

하지만 고3이 되면 그 문턱이 갑자기 높아지고 다른 녀석들도 작정하고 공부에 힘을 쏟기 때문에 어려울 것 같지만…….

궁상스럽게 끙끙 앓아서 그런지 유키노시타가 걱정스럽게 물었다.

"그렇게 돈이 부족해?"

눈썹을 팔자로 뜨고 당장에라도 지갑을 꺼내지 않을까 싶을 만큼 안쓰러운 눈초리로 걱정해주니, 어째 내가 인생 낙오자 기둥서방이 된 기분이었다.

으음, 의외로 괜찮은걸? 아니, 안 괜찮다. 내 마음과 사회적 체면에 안 좋다.

나는 크흠크흠 기침하고 불편한 마음을 천연덕스럽게 숨겼다.

"정말 궁하면 부모님한테 빌리니까 문제없어. 아니면 최악의 경우 알바를 뛰거나. 일용직이라면 큰 부담도 없겠지."

아무렇게나 변명을 늘어놓자 유키노시타는 안도와 기막힘이 혼재하는 한숨을 쉬고 관자놀이를 지그시 눌렀다.

"노동이 최악의 선택지구나……."

그러고는 문득 뭔가 생각난 것처럼 얼굴을 들었다.

"……우리 집에서 일하겠니? 어지간한 아르바이트보다는 보수가 좋을 텐데."

"하하하, 때려죽여도 안 해."

유키노시타 집안은 건축 토목 관련 회사를 경영한다고 들었다. 거기서 일하라고 해도 구체적으로 무슨 일을 하는지도 모르겠다. 공사판 막노동? 아니지 아니야, 유키노시타네 집이라면 뭘 하는지보다 뭘 시킬지가 걱정이다.

조직도가 어떻게 생겨 먹었는지 모르겠지만, 보나 마나 엄마농이 실질적 대표겠지? 이미 그것만으로 직장 내 괴롭힘이라고…….

게다가 아빠농도 내게 호의적일 거라는 생각은 들지 않는다. 아직 아빠농과 만난 적은 없지만, 귀여운 딸에게 접근하는 남자라면 제거 대상이다. 내가 유키노시타의 아버지라면 유키노시타에게 접근하는 남자는 전부 죽일 자신이 있다.

그런 까닭으로 정중하게 거절했지만, 유키노시타는 딱히 기분이 나쁘지도 않은지 턱 끝을 손으로 받치며 생각에 빠졌다.

"그러니……. 좋은 타이밍이라고 생각했는데……."

뭐야? 무슨 타이밍? 차마 무서워서 묻지 못하고 나는 화제 전환을 시도했다.

"스칼라십은 크게 기대도 안 하니까 딱히 상관없어. 사실 문제는 다른 환경이야. 입지나 설비, 서포트 시스템 그 외 기타 등등……."

내가 툴툴 털어놓자 사색에 빠졌던 유키노시타도 나를 휙 돌아봤다.

"다른 학원으로 가겠니? 일단 오늘 수업은 괜찮았는데……."

"아니, 나도 딱히 불만은 없어. 비교 검토하면 그렇다는 이야기지. 강사의 질은 1년은 듣지 않으면 솔직히 판단하기 어려우니까 다른 요소를 비교할 수밖에 없어."

그 이야기에 유키노시타는 갸우뚱 고개를 꺾었다.

"다른 요소라면 자습실 크기나 자료량 같은 거?"

"뭐어, 그것도 있지만……."

말을 흘리며 나는 생각했다.

자습실 넓이와 좌석 수는 분명히 중요하다. 공부하려고 벼르고 왔는데 혼잡해서 자리를 잡지 못하면 그날 하루 기분이

영 좋지 못하다. 참고서와 과거 기출 문제 대여도 굉장히 고마운 서비스다.

하지만 뭐든 성실하게 입시 학원에 다녀야 의미가 있다. 멀면 다닐 생각도 안 들고 오락실 같은 유혹이 많은 곳도 피하는 편이 좋다. 자고로 수험 공부란 「공부 안 할 핑계」와의 싸움이다.

그렇다면 의욕을 관리하기 쉬운 곳을 골라야 한다.

그렇게 생각하면 우선할 사항은 저절로 정해진다.

"……가장 중요한 점은 가까운 곳에 맛있는 가게가 있느냐."

옛사람이 말하기를 금강산도 식후경이랬다.

맛있는 밥이야말로 의욕 고취의 원동력이다. 반대로 맛없는 밥은 의욕까지 저해한다.

음, 바로 이거지……. 나는 스스로 납득했지만, 이야기를 듣던 유키노시타는 땅이 꺼지도록 한숨 쉬었다.

"입시 학원도 그런 이유로 고를 줄은 몰랐을 거야……."

"아니, 의욕 관리에는 중요한 요소라고. 여름 특강은 하루에 두세 수업을 듣고 남은 시간은 종일 자습실에 틀어박혀 있잖아? 당연히 근처에서 끼니를 해결해야 하는데 식사는 단순한 영양 보충이 아니라 휴식의 의미도 있어. 그러니까 가급적 맛있는 가게가 있는 곳을 골라야 해."

맛있는 밥집(めしや, 메시야)은 메시아라고. 그렇게 말하고 싶지만 꾹 참았다. 썰렁한 소리 하면 정나미 떨어지니까.

……라고 생각했는데 이미 정나미가 떨어진 표정이다!

"궤변인데 무척 그럴싸하게 들려서 화나는구나……."

유키노시타는 두통을 참듯 관자놀이를 누르고 상대해주기 어렵다는 얼굴이었다. 하지만 갑자기 표정을 풀고 어이없는 듯 포기한 듯 부드럽게 숨을 뱉었다.

"……그렇지만 그런 점은 생각해 본 적 없는 거 같아."

"그렇지?"

하지만 음식으로 고른다면 라면 가게 근방으로 범위가 한정되지……. 욕심을 부리자면 근처에 사우나가 있으면 더욱 좋지만, 그것까지는 너무 큰 사치일지도 모른다. 그랬다가는 공부하러 가는지 승천하러 가는지 모를 테니까…….

내가 이룰 수 없는 소망을 생각하는데 맞은편에서 유키노시타가 고개를 끄덕였다.

"그럼 다음은 어느 학원으로 가볼까?"

"엥? 진짜 가게?"

반사적으로 반문했더니 유키노시타는 도리어 의아한 표정이었다.

"안 갈 거니?"

"아니, 가긴 갈 건다만……."

나는 다른 학원도 보러 다닐 생각이지만…… 유키노시타는 그럴 필요가 있나? 딱히 같이 안 다녀도 되지 않아? 아니라고? 오늘 간 곳 마음에 들지 않았어?

그런 생각은, 나의 끝으로 갈수록 기어드는 목소리와 의아하게 찌푸린 눈초리에 노골적으로 드러난 모양이었다.

유키노시타는 내 생각을 알아차리고 깜짝 놀라 입을 가렸다. 그 손이 서서히 볼 전체를 감싸며 올라갔다. 그리고 시선을 살며시 돌리며 중얼거렸다.

"같은 곳, 다닐 줄만 알았어."

연약하게 끊어지는 소리로 말하고 유키노시타의 볼이 확 붉어졌다. 하지만 그 점을 지적할 마음은 없었다. 나도 얼굴에서 불이 나는 기분이었다.

"아니, 딱히 싫다는 건 아니고……. 그런 건 왜, 본인에게 맞는지 안 맞는지 잘 생각해야 하잖아? 잘은 모르겠다만."

내가 쩔쩔매면서 늘어놓는 변명을 유키노시타는 끄덕끄덕하며 듣고 있었다. 그러다가 조금 냉정해진 모양이었다.

유키노시타는 의자에 다시 앉아 치마를 정리하면서 어깨에 걸린 머리를 손으로 빗어 넘기고 자세를 바로잡았다.

"생각하지 않은 건 아니지만……."

그렇게 말을 꺼내더니 소리 없이 숨을 마시고 빠르게 말을 쏟았다.

"의욕을 유지하기 위해서 환경을 중시하는 히키가야의 의견은 지당하다고 느꼈습니다. 그러니까 저도 환경을 중시하려고 합니다."

"그, 그렇습니까……."

웬 존댓말……. 나까지 존댓말로 답하고 말았잖아.

"그래서 환경을 고려한다면……."

거기까지는 참 조리 있게 말했지만, 거기서 유키노시타의 말문이 막혔다.

왜 그러냐고 눈짓만으로 물었다.

"그게……."

유키노시타는 짤래짤래 고개를 젓고 말을 고르듯 신음하면서 앞머리를 끊임없이 다듬었다.

"환경을 고려한다면 그, 같이 있어야 힘이 될 거라고 생각해……."

유키노시타는 쑥스럽게 에헤헤 웃고 계속해서 머리를 빗었다.

평소보다 훨씬 친밀하고 순박한 미소를 목격한 나는 머리를 감싸 안고 말았다.

이게 현실이냐……. 제발 이러지 말자……. 머리 잡고 부들부들 떨고 있잖아, 나……. 이성아, 살아 있니? 사라이써! 다행이야, 살아 있대.

이러면 이미 같은 학원에 가는 수밖에 없잖아? 아니, 이걸 어떻게 참아. 거절할 이유가 하나도 안 떠오른다고. 단 하나 불안한 점이 있다면 공부에 집중할 자신이 전혀 없다는 점이지만, 어차피 「지금 뭐 할까……」라는 생각이 머리를 떠나지 않을 테니까 큰 차이 없겠지. 오히려 괜한 걱정을 하지 않아도 되니까 오히려 건설적이다. 좋아, 변명 종료.

방심하면 귀까지 걸릴 것 같은 입에 힘을 빡 주고 공연히 무거운 표정을 만들어 고개를 끄덕였다.

"그래도 뭐, 여러 곳을 비교해 보고 결과적으로 같은 학원에 다닐 가능성은 충분히 있지. 아니, 아마 그렇게 될 거야

무조건 그러겠습니다."

하지만 말하는 사이에 가면이 후드득 떨어져 나갔다. 조금 전 대화의 영향이 남아 마지막에 왠지 존댓말이 섞였다. 그 탓인지 유키노시타도 쓸데없이 정중하게 말을 받았다.

"앗, 네……. 그렇게 알고 있겠습니다……."

그리고 서로를 똑바로 바라보지도 못하고 안절부절못하며 눈만 굴렸다.

나는 애써 냉정해지려고 진작 차갑게 식어버린 커피를 후후 불었고, 유키노시타는 갈 곳 없는 무안함을 숨기려고 까닭도 없이 가방을 뒤졌다.

그동안은 이렇다 할 대화도 없었고, 때때로 힐끔거리다가 눈이라도 맞으면 서로 어색하고 쑥스러운 웃음을 주고받을 뿐이었다.

뭐야, 이 시간은……. 부끄러워서 죽을 거 같아……. 갑자기 죽고 싶어졌다고.

지금은 일단 다른 화제를 꺼내서 억지로라도 분위기를 전환해야지! 나는 커피를 쭉 들이켜고 머리도 표정도 단정히 고쳤다.

"아 참, 어제는 고마웠어. 코마치 축하 선물 사러 가줘서."

지금 막 떠오른 것처럼 말을 꺼내자 유키노시타도 나를 휙 돌아봤다. 그리고 고개를 살살 저으며 미소 지었다.

"아니야. 우리도 선물하고 싶다고 생각했어. 나야말로 고맙지. 어제 동아리를 맡기고 와서 미안해."

이번에는 내가 머리를 흔들었다.

맡겼다고 말하지만, 내가 한 일은 없었다. 상담도 의뢰도 안 들어왔고 자리나 지키며 코마치와 잇시키랑 수다나 떨었을 뿐이었다.

물론 걱정되는 사안이 하나 있지만.

그 생각이 얼굴에 드러난 것일까? 유키노시타가 물었다.

"무슨 일 있었니?"

"음, 뭐…… 있기는 있었지……."

불분명하게 대답하면서 뭐라고 설명해야 할지 고민했다.

어제 잇시키가 들려준 이야기는 문제라고 부를 만큼 대단한 일은 아니었다. 그저 확인했을 뿐이었다. 내가 그것을 문제시하고 있을 뿐일 수도 있다.

그래서 우선 내 주관을 뺀 사실만을 전달하기로 했다.

"잇시키가 그러는데, 이번에 학교 설명회가 있다더라. 그래서 동아리 소개 자료? 뭐 그런 걸 만드는데, 거기에 봉사부를 실을지 말지 물어보더라고."

간결하게 그렇게만 말하자 유키노시타는 턱에 살며시 손가락을 붙이고 잠시 생각했다.

"내년 이후 봉사부와 관련된 문제구나. 정식 동아리라면 안 올릴 수도 없을 텐데……."

그건 내가 품은 걱정과 거의 비슷했다.

"그래도 신규 부원을 모집하지 않으려면 빠져나갈 방법이야 얼마든지 있을 거야."

그리고 내린 결론 또한 내 의견과 거의 비슷했다.

이 문제에서 묻는 점은 결국 하나였다.

내년부터 봉사부를 어떻게 운영할 생각인가, 단지 그것뿐이었다.

"코마치는 뭐라고 했어?"

"썩 내키는 눈치는 아니었어."

"그래……."

짧게 답하고 유키노시타는 입을 다물었다.

다물 수밖에 없을 테니까. 내가 그랬듯이.

나는 의견은 낼 수 있을지언정 결단을 내릴 수는 없다. 아니, 이건 비겁한 변명이다. 나는 의견조차 내지 못했다.

내가 봉사부를 남겨달라고 말했다면 분명히 코마치는 자기 의지와 무관하게 그곳을 지키겠지. 그렇게 떠넘기고 뒤틀어버리는 것이 나는 두려웠다.

"그 부실, 의외로 넓어. 작년에는 신경도 쓴 적 없었는데……."

유키노시타가 불쑥 꺼낸 말이었다. 그 목소리는 코마치를 염려하듯 쓸쓸하게 들렸다. 유키노시타는 그 부실에 혼자 있는 시간을 알고 있었다.

코마치도 그런 시간을 보내게 된다. 내 주관으로 표현하자면 코마치는 그 부실에 남겨지는 셈이다. 그래서 괜히 더 애달프게 느끼는지도 몰랐다.

코마치와 둘만 있던 부실에서 한 상상을 돌이켜보는데 밝은 목소리가 적막을 깼다.

"……그래도 넓은 만큼 사람이 많이 들어갈 거야."

고개를 들자 유키노시타는 입가에 미소를 띠고 있었다. 유키노시타의 말을 제대로 이해하지 못한 나는 그만 고개를 갸웃거리고 눈빛만으로 물었다.

그러자 유키노시타는 허전한 가슴을 의기양양하게 펴며 호기로운 표정을 지었다.

"직접 말하기는 부끄럽지만, 내가 부장이어도 그 부실에는 사람이 찾아왔잖니? 유이가하마도 입부해줬어. 코마치가 부장이라면 사람의 발길이 끊이지 않을 거야."

"반론을 못 하겠구만……. 특히 「내가 부장이어도」라는 대목."

하하, 내가 메마른 웃음을 툭 던지고 유키노시타는 쿡 웃었다.

"그렇지? 그중에는 분명히 값진 만남도 있을 거야. ……우리처럼."

농담처럼 말하지만, 그 목소리에는 진심 어린 온기가 있었다. 나를 응시하는 눈빛은 이번 1년을 돌이켜보는 듯 온화했고, 마지막 말을 더할 때는 살짝 쑥스럽게 가늘어졌다.

"그런가? ……그러네."

이제야 납득이 갔다.

나는 우리라는 관계성에 지나치게 구애됐는지도 모른다.

아니, 신성시했다고 해도 좋다.

마음 어디선가 지금의 봉사부를, 코마치를 포함한 지금의 형태를 이상적이고 완벽한 완성된 모습이라고 여겼다.

그게 아니라면 코마치가 「남겨진다」라는 말은 쓰지 않았겠지.

나는 나도 모르는 사이 나를 둘러싼 환경을 절대시하고 내

주관을 들이밀어 엉뚱한 감상에 젖어 있었다.

이게 무슨 독선인가. 어쩜 이리 오만한가. 근시안적이고 옹졸한 시각에도 정도가 있지. 얼마나 들떠서 주제넘게 굴었던 거야. 바보냐. 그냥 죽으라고, 한 시간이 아니라 10년은 말해 주고 싶은 기분이다.

우리의 관계성이 완벽했던 적이 있었을까.

아니. 단 한 번도 없었다.

항상 어딘가 비뚤어지고, 벌어지고, 때로는 끊기고, 그래도 가늘게 이어지고, 아직도 잘못을 반복하면서 퍼져나가는 것이 우리의 관계성이지 않았는가.

틀림없이 코마치도 그럴 것이다. 앞으로 있을 많은 만남이 코마치에게 둘도 없는 관계성을 만들어줄 수도 있다. 너무 당연한 일인데도 나는 내 감상에 빠져 그런 사실조차 놓치고 있었다.

내가 코마치에게 전할 말은 마음대로 하라거나 스스로 결정하라는 책임 전가가 아니다. 물론 봉사부를 남겨달라는 눈물 젖은 애원도 아니다. 정말 해야 할 말은 따로 있다.

그것을 깨닫고 나는 깊게, 그리고 기나긴 한숨을 토해냈다. 겨우 목에 걸렸던 가시가 빠진 기분이었다.

"고맙다."

입술만 달싹여 중얼거린 말에 유키노시타는 머리를 쓸어 넘기며 미소 지었다.

"뭐가 고맙다는 건지는 모르겠지만, 됐어."

정말로 아는지 모르는지는 알 수 없지만, 모른 척해준다면 나도 그 배려에 편승하겠다.

"아니, 아까 선물 이야기. 이제 숨기지 않고 축하할 수 있겠다 싶어서."

"그러니? 그렇다면 다행이야."

여유로운 웃음을 띠고 유키노시타는 로열 밀크티를 마셨다. 덩달아 나도 진작 식어버린 커피를 찔끔 홀짝였다.

하지만 차분한 시간은 한순간뿐이었다.

차츰 유키노시타는 안절부절못하며 눈을 굴리기 시작했다. 그리고 뭔가 결심한 것처럼 고개를 끄덕하더니 좀 전에 뒤적이던 가방으로 손을 가져갔다.

"……축하라고 해서 생각났어."

어흠 헛기침하고 서론을 깐 유키노시타는 가방에서 조그만 셀로판 봉투를 꺼냈다. 슬쩍 머리를 숙이고 살며시, 사자에게 먹이라도 주는 것처럼 신중하게 그것을 내밀었다.

"이거……."

중얼거리는 소리와 양손이 살짝 떨리고 있었다. 떨리는 탓에 잘 안 보이지만, 아무래도 수제 쿠키 같았다.

머뭇머뭇 받아들자 봉투 안에는 체크무늬에 별 모양, 하트 마크까지 참 다채로운 쿠키가 들어 있었다.

"축하, 아니면 기념이라고 해야 하나……. 그래도 큰일은 아니니까 너무 비싼 걸 준비하기도 그래서, 이것저것 생각하다가……."

"오오……."

속사포처럼 말하는 데 비해서 알맹이가 거의 없어……. 결국 뭐야? 시식이나 하라는 분위기가 아닌 것은 알겠지만, 묘하게 의미심장한데…….

오늘은 생일도 핼러윈도 크리스마스도 밸런타인데이도 아니다. 딱히 과자를 받을 이유가 없지 않나…….

응? 왜? 하고 유키노시타를 물끄러미 바라보니, 유키노시타는 눈을 슥 피하고 앞머리를 손가락으로 걷으며 가냘픈 목소리로 말했다.

"좀 늦었지만, 한 달, 됐으니까. ……그 기념으로."

그러고 내 반응을 살피듯 힐끗 시선을 보냈다.

"그렇군."

즉시 진지한 얼굴로 똑 부러지게 대답했지만, 내 두뇌는 순식간에 풀회전 중이었다.

뭐? 무슨 기념? 이라고는 못 물어보잖아……. 아니, 물어서도 안 되는 거지만…….

내가 아는 기념은 아리마나 타카라즈카[#41] 정도밖에 없다만. 하지만 이미 한 달이라는 힌트가 제시됐다.

빠르게 고민하면서 유키노시타를 빤히 보고 그 답을 찾았다.

……부끄러워서 쩔쩔매는 거 무지 귀엽네.

그런 감상은 답을 알아차린 직후에 날아갔다. 그 순간 내 안에서 핏기가 싹 가셨다.

약 한 달이라는 기간을 돌이켜보건대 나와 유키노시타 사

#41 **아리마나 타카라즈카** 일본 경마 대회 아리마 기념과 타카라즈카 기념.

이에 기념할 사건은 그리 많지 않다. 하지만 많지 않을 뿐, 반대로 말하면 하나는 확실하게 있었다.

그 하나의 사건과 한 달이라는 단어를 묶어서 생각하면 답은 저절로 나온다.

—세간에 말하는 『한 달 기념』이다.

망했다…….

이 애, 그런 거 일일이 챙기는 타입이구나? 그걸 빨리 말했어야지~! 그거 기억 못 하면 무조건 싸움 나는 거잖아. 파칭코 가게로 도망가서 시간 죽이면서 마음도 달래고, 경품으로 받은 화장품 들고 사과하러 가는 거잖아.

"……난, 아무것도 준비 못 했는데."

어설프게 얼버무려봤자 어차피 금방 들통나니까 솔직하게 말했다. 그러자 유키노시타는 고개를 저었다.

"내가 말도 없이 한 일인걸."

"어, 그러냐……. 아니, 그렇지만 그것도 좀……."

호의의 반보성이란 말 있잖아? 제대로 보답하지 않으면 신경 쓰이잖아? 내가 갈팡질팡하는데 유키노시타가 놀리는 것처럼 픽 웃었다.

"그렇게 신경 안 써도 된다니까. 정 그러면 조만간 받기로 할게."

"조만간……. 그래, 좋아. 조만간에, 조만간……."

나는 조만간, 조만간…… 하며 잠꼬대처럼 중얼대다가 불현듯 깨달았다.

"한 달 다음은 언제야? 어느 타이밍에 하는 거야?"

그런 거 전혀 모른다고……. 검색하면 나오나? 아니면 인스타에서 어쩌고 기념 해시태그를 조사하는 편이 빠른가? 하지만 그러면 하루하루가 스페셜한 샐러드 기념일에 빙의된 글이 나올 거 같다.

이 질문에는 유키노시타도 좀 당황스러운 듯했다.

"글, 쎄……. 언제라도 괜찮지 않겠니……? 그래도 하려면 깔끔하게 1주년 기념일까?"

"1주년……."

야야야, 상상도 안 돼. 실제로 말해 봐도 실감이 안 든다.

1년 후는 고등학교도 졸업하고 한창 새로운 생활이 시작되었을 시기지만, 그 모습이 머리에 그려지지 않는다. 그때 나는 대학에 붙었겠지? 만약 떨어지면 미래의 내가 지금 이 순간의 나를 죽이러 올걸?

너무나도 막연한 미래에 할 말을 잃었는데, 그 침묵을 당혹감이나 거절이라고 생각했는지 유키노시타가 허둥지둥 말을 보탰다.

"짜, 짧을까? 그럼…… 시, 십 주년?"

"시……."

유키노시타가 순간 말이 막힌 부분에서 나도 완전히 똑같이 말이 막혔다.

10년이라고……? 프로 야구에서도 듣기 힘든 초대형 계약이잖아.

정신이 까마득해지는 이야기에 유키노시타도 이건 아니라고 생각했는지 바로 말을 고쳤다.

"정말 언제든지 상관없으니까…… 신경 안 써도 돼……."

그리고 확 붉어진 얼굴을 가리고 손가락 틈으로 젖은 눈동자를 빼꼼 내밀었다.

눈이 맞은 순간 나도 얼굴을 감추려고 머리를 감싸고 말았다.

정말 이러기냐……. 현실이냐고, 이거……. 제발 이러지 말자……. 이런 건 10년은 고사하고 몇십 년이 지나도 못 잊어……. 괜찮아? 이성아, 살아 있니? 여보세요? 이성아? 이성아?

× × ×

딱히 내가 신경 쓸 일은 아니지만…….

부원도 아니고, 오늘 와봤자 어제 한 이야기가 해결되지 않는다는 것도 알지만.

그래도 그 넓은 부실에 선배랑 오코메가 둘만 있는 모습을 보니까 나라도 가줘야 하지 않을까, 라는 기분이 들었다.

원래 선배들이 있는 동안은 가급적 얼굴을 비출 생각이었으니까 상관은 없지만.

그런 이유로 오늘도 어김없이 나는 봉사부 부실에 오고 말았다.

나와 유이 선배와 오코메.

세 명뿐인 부실은 역시 어제와 마찬가지로 허전해 보였다.

가능하면 어제 했던 이야기, 후딱 결론을 얻고 싶었는데……. 학원 견학인지 구린 데이트인지 모르지만, 여름 전에는 나도 제법 바쁘단 말이야. 그렇게 생각하면서 나란히 놓인 두 공석 중 하나를 찌릿 흘겨봤다.

그 공석을 보다가 문득 의아한 생각이 들었다.

"근데 유이 선배는 입시 학원 안 가도 돼요?"

"웅?"

내가 찔러보자 그때까지 평소와 아~무 차이도 없이 과자를 주워 먹고 홍차를 마시던 유이 선배가 흠칫했다. 그리고 또 과자를 주워 먹었다.

한참을 생각하며 오물거리나가 홍차와 같이 목구멍으로 넘긴 뒤 당고머리를 만지며 난처하게 웃었다.

"그게…… 나두 어떻게 할까~ 생각은 해봤는데……."

아하하 웃어넘기려는 유이 선배를 보고 나는 옆에 있는 오코메에게 슬그머니 귓속말했다.

"이 사람, 수비를 굳혔어."

"일부러 한 발 빠지는 작전 아닐까요? 밀당에는 도주랑 선행 말고도 선입, 추입도 있다고 들었어요."

오코메는 못 알아들을 소리를 하며 이해한다는 얼굴로 끄덕끄덕했다.

뭐라는 거야, 얘……. 내가 곁눈질하자 유이 선배가 손을 척 내밀고 맹반격에 나섰다.

"아니, 그런 게 아니라. 나중에 힛키한테 듣구 똑같은 데 가면 되지 않나 싶어서."

그러자 이번에는 오코메가 얼굴을 슥 붙이며 쑥덕댔다.

"이건 공격 아닌가요?"

"그러게……. 보고 고르면 무조건 이기잖아……."

……그 사람, 알려달라거나 도와달라고 부탁하면 투덜대면서도 그냥 해주지. 역시 유이 선배야. 오래 알고 지낸 사이라서 잘 꿰고 있네. 내가 감탄하는데 유이 선배는 손을 파닥파닥 저었다.

"아니야! 그런 게 아니래두! 그냥 같은 곳 노리니까 참고하겠다는 말이야!"

"그래요?"

"응. 사립 인문계니까 아마, 대충 같은 곳?"

오코메가 맹하게 입을 벌리고 고개를 까딱 기울였다. 유이 선배는 자신 있게 대답하다가도 마지막에는 자기 진로 이야기인데 고개를 갸웃거렸다.

동시에 나도 고개를 갸웃거리고 생각했다.

"아, 맞아. 유이 선배도 입시 보죠?"

"당연한 거 아냐?!"

나도 모르게 흘러나온 말에 유이 선배가 무서운 속도로 돌아봤다. 그리고 힝힝 울먹이는 얼굴이 됐다.

"으으…… 이로하, 혹시 나 바보라고 생각해?"

"아이, 왜 그러세요~. 유이 선배가 수험생인 거야 저도 알죠~. 아는데, 그냥 새삼 그런 생각이 들어서……."

나는 부랴부랴 둘러대고 눈을 살그머니 돌렸다. 앗, 켕겨서 이러는 거 아니에요. 유이 선배가 쬐끔 그런 사람이라고 생각은 했지만, 정말로 아주 쬐끔이니까…….

그렇게 눈을 돌린 곳에는 두 번째 공석이 있었다.

아마 단순히 눈길을 피하려던 게 아니라, 내가 무의식적으로 그곳을 본 것이다.

어제와 오늘 선배들이 없는 부실에 와서 평소보다 훨씬 얌전한 오코메를 보고, 입시 학원이니 수험이니 구체적으로 다가온 미래의 이야기를 듣고서 나는 새삼 실감했다.

정말로 없어진다고.

"아, 응. ……그러니까 나도 여름까지, 겠지."

유이 선배의 상냥한 목소리는 내 어설픈 변명에 대한 답이 아니라 천천히 바라보는 부실을 향한 것인지도 몰랐다.

쌓여 있는 책상, 흔들리는 커튼, 조금 느리게 가는 벽걸이 시계, 구석에 놓인 크리스마스의 잔해, 적다 만 글씨가 희미하게 남은 칠판, 티 세트가 놓인 책상, 두 개의 공석.

유이 선배는 하나하나를 바라보고는 사랑스럽게 눈을 살며시 접었다. 그리고 촉촉한 입술이 완만하게 휘었다.

그 어른스러운 미소를 보고 있자니 나도 모르는 사이 물기를 머금은 숨결이 흘러나왔다.

어떡해. 나 눈물 날 거 같아.

아직 졸업도 은퇴도 한참 멀었는데 갑자기 기분이 이상해졌다. 이런 데서 울면 아까우니까 그 대신 나는 요란하게 한숨 쉬었다. 귀찮아 죽겠다는 듯, 못해 먹겠다는 듯, 피곤에 전 느낌으로.

"여름이라~. 그럼 학교 설명회는 아슬아슬하게 안 맞겠네요~."

그렇게 억지로 화제를 전환했다.

유이 선배는 머리에 물음표를 띄우며 무슨 일 있냐고 동그란 눈으로 물었다.

"우리 학교로 오려는 중학생용 설명회가 있어요. 그래서 학교 견학 투어나 동아리 소개를 한대요."

"우와아."

방금까지 그렇게 아름답고 어른스럽게 웃던 유이 선배가 지금은 입을 헤 벌리고 있었다. 덕분에 젖어 들던 눈동자가 1초 만에 말라버렸다.

말 나온 김에 유이 선배한테 물어봐야지.

이건 아직 선배들이 있을 때 정리해둬야 할 문제다. 그러지 않으면 지금 이 시간에 묶이고 조만간 과거에 얽매여 나나 이 아이나 아무 데도 가지 못하게 된다.

나는 팔짱을 끼고 고개를 꼬아 뒷이야기를 계속했다.

"그래서 그 동아리 소개 자료를 만들어야 하는데 거기에 봉사부를 실을지 말지 이야기가 나왔어요. 그렇지?"

옆으로 말을 걸자 오코메는 나와 똑같이 팔짱을 끼고 고개를 꼬았다.

"그랬죠. 정말 어떡한다~."

깔끔담백, 영양가 제로인 대답이 돌아왔다. 하루 만에 오코메의 대답이 변할 거라고는 기대하지도 않았다. 유이 선배는 어떻게 생각하느냐고 눈짓하자 굉장히 적극적인 반응이 돌아왔다.

"좋네, 우리두 실어보자. 신입 부원 팍팍 모으자."

그때 선배님이 꺼내지 못하던 말을, 유이 선배는 쉽게도 말했다.

분명히 유이 선배는 그렇게 말할 줄 알았다.

선배님이랑 유키노 선배가 딴에는 배려랍시고 하지 않은 말을, 그 배려와 양보를 모두 이해하면서도, 이 사람은 일부러 바보인 척 확실하게 말해준다.

오코메는 고민스럽게 신음하고 어색하게 웃으면서 답했다.

"코마치는 당분간 이대로 가도 괜찮지 않을까 싶어요……. 오빠 한 명 돌보기도 벅차고."

"아……. 응, 하긴, 힛키가 있지."

유이 선배는 부드럽게 동조하며 쓴웃음을 지었지만, 나는 웃음이 나오지 않았다.

오코메라면 그럴 거라고 생각했다. 농담처럼 말하지만, 아마 진심이다. 정말로 지금은 신입 부원을 생각할 여력이 없고, 선배님 일에 정신이 팔린 것도 사실이다.

그러니까 아마 오코메가 소중하게 생각하는 것은 봉사부 자체가 아니라 지금의 봉사부다. 이 아이가 지키고 싶은 것은 어디까지나 선배들이 있는 장소와 시간. 그건 내가 예전에 잠깐 했던 생각, 봉사부가 없어지면 학생회에서 모일 수 없을까 하던 생각과 상통하는 부분이 있다.

……아니, 실제로 오코메가 어떤 생각을 하는지는 알 수 없다.

내가 아는 것은 내 생각뿐. 그러니까 내 기준으로 한 상상에 지나지 않는다.

적어도 옛날 나는 그렇게 생각했다. 나를 포함한 불순분자를 섞고 싶지 않다고. 지금은 전혀 그렇게 생각하지 않고, 내 알 바도 아니라고 생각하지만.

그래도 유이 선배가 불쑥 중얼거린 말에는 반응하고 말았다.

"으음, 그래두 조만간 누가 들어오지 않을까……."

"네? 그래요?"

"누가 있어요?"

"어? 아니, 미안 나두 몰라. 그냥 해본 소리였어."

나와 오코메가 민감하게 반응하자 유이 선배는 살짝 몸을 빼며 허둥지둥 사과했다. 뭐야, 기대했는데~! 놀라서 덥석 반응해버렸잖아요……. 나는 원망스럽게 유이 선배를 봤다. 그러자 유이 선배는 손을 탁 치며 자기변호에 들어갔다.

"앗, 그래두 앞일은 모르는 거잖아? 신입생뿐 아니라 누가 그냥 들어올지두 몰라. 나두 2학년 이맘때쯤 들어왔는걸. 힛키두 비슷했구."

"그러고 보니 그러네요……."

오코메는 이해한 것처럼 말하지만, 옛날 일을 모르는 나는 밍밍한 반응밖에 보일 수 없었다. 그런 이야기는 전혀 들은 적이 없었다. 내가 봉사부에 왔을 때는 이미 세 사람 모두 모여 있어서 쭉 그랬을 거라고만 생각했다.

유이 선배는 그치그치 하면서 순진하게 웃었다.

“그러니까 그렇게 되지 않을까? ……우리처럼.”

유이 선배는 대수롭지 않게 말하지만…….

“에이, 선배들처럼 되면 솔직히 못 견디죠.”

“코마치도 좀 자신 없어요…….”

나는 정색하며 그건 아니라고 손을 휘휘 저었고, 오코메는 어깨를 축 늘어뜨리고 씁쓸하게 웃었다.

“우으…… 나, 좋은 얘기 했다고 생각했는데…….”

유이 선배는 이상하다고 고민하지만, 자기도 알 거 아니야.

선배들처럼 죽도록 귀찮고, 꼬일 대로 꼬이고, 잘못으로 점철된 관계는 그리 쉽게 만들어지지 않는다. 만들고 싶지도 않다. 아무리 고의로 꼬아놓아도 선배들보다는 훨씬 낫고 멀쩡한 관계를 만들 자신이 있다.

하지만, 그래도 아마 어디선가 잘못을 저지를 테니까.

분명히 나도 이 아이도 그런 관계를 얻을 때가 있을지도 모른다.

그런 생각을 하며 곁눈질하다가 서로 눈길이 마주치고 말았다.

우리는 어깨를 으쓱이며 한숨 쉬고 키득 웃었다.

× × ×

이튿날 방과 후.

이틀 만에 봉사부 멤버가 전원 모인 부실에는 온화한 분위기가 감돌았다.

활짝 열린 창으로 초여름을 알리는 바람이 방과 후의 멜로디를 실어 날랐다.

불과 며칠 사이에 크게 변할 리는 없지만, 기분 탓인지 관악부의 음색도 달리기의 구령도 얼추 호흡이 맞춰진 느낌이었다.

조금씩이지만 일상은 언제나 변화한다.

봉사부 부실도 예외는 아니다.

의자 사이의 거리와 치마 길이, 오가는 말수, 책장을 넘기는 속도. 모두 수치로 환산하면 세세한 차이일 뿐이지만, 그래도 분명히 변해 있다.

물론 수치로 나타낼 수 없는 것도 변해간다.

그 좋은 예가 콧노래를 흥얼거리며 폰을 만지작거리는 코마치의 표정이다. 오빠인 내 눈에는 그저께 방과 후에 비해서 밝아진 느낌이 들었다. 하지만 그 밝기는 럭스로도 칸델라로도 루멘으로도 나타내지 못한다.

아마 내가 막연하게 그렇게 느낄 뿐이다.

어젯밤부터 그랬는지 떠올려 보려고 했지만, 공교롭게도 어제 한 번 이성이 죽어서 기억이 안 난다. 그래도 근심에 찬 얼굴을 본 기억도 없으니까 아마 어제 방과 후에 무슨 일이 있었겠지.

하지만 지금 이 부실에서 가장 변한 사람을 꼽으라면 유키노시타다.

평소라면 이미 홍차 준비를 마쳤을 유키노시타가 오늘은 아직 아무 준비도 하지 않았다.

왜 그런고 하니, 아까부터 이 애, 계~속 코마치를 힐끔거리고는 유이가하마에게 눈을 돌려 고개를 끄덕이거나 젓거나 하고 있다.

코마치에게 깜짝 선물을 줄 타이밍을 재는 것이다.

마음은 이해한다. 마음은 이해하지만, 조금 진정했으면 좋겠다. 하도 수상하니까 잇시키가 의심스럽게 보잖아. 엄청 쳐다본다고. 서프라이즈에 재능이 없구나?

당장에라도 잇시키가 「저기요, 뭐 하는 거예요?」라고 물을 것 같은데, 마침내 유이가하마가 고개를 끄덕여 고 사인을 보냈다. 유키노시타는 자기만 믿으라는 식으로 의기양양하게 웃고 어깨에 걸린 머리를 넘겼다.

그리고 조용히 일어나서 홍차를 준비하러 갔다. 곧바로 유이가하마가 의자와 함께 코마치에게로 몸을 돌렸다.

"코마치, 헤어핀 바꿨어? 그거 처음 본 거 같아."

유이가하마가 말을 걸면서 코마치의 주의를 끌었다.

"응? 그런가요? 오랜만에 해서 그런가."

"보여줘 보여줘. 그리고 앞머리 만져도 돼?"

"네, 하세요 하세요."

유이가하마가 손짓하자 코마치는 치근덕거리는 고양이처럼 머리를 들이밀었다. 어느샌가 유이가하마는 교묘한 손놀림으로 코마치의 시야를 차단하고 있었다.

오오, 제법이구만…….

내가 감탄하는 사이에도 유키노시타는 능수능란하게 홍차를 준비해 나갔다.

곧 전기 포트의 물이 끓고 섬세하고 우아한 손길이 홍차를 우린다. 익숙한 향이 퍼지고 은은한 김이 피어올랐다.

찻잔과 머그컵, 종이컵, 그리고 찻종지를 놓고 그 옆에 아기자기한 작은 상자를 조심히 내려놨다. 그 상자를 정중히 여는 모습을 본 잇시키가 작게 아 소리를 내며 슬쩍 코마치를 살폈다.

"잇시키……."

목소리 죽여서 부르자 잇시키는 나를 슬쩍 돌아봤다. 나는 네 생각이 맞다고 고개를 끄덕이고 입에 몰래 검지를 올렸다.

그 제스처로 완전히 이해했는지 잇시키는 소리도 내지 않고 고개만 끄덕했다. 잇시키는 찰랑거리는 머리를 귀에 걸고 가느다란 손가락을 세워 윤기 흐르는 입술을 살며시 누르며 찡긋 윙크했다. 어, 음, 고개만 끄덕여도 통하니까 그럴 것까지는 없는데…….

가슴이 콩닥대는 사이 유키노시타는 준비를 마친 홍차를 각각의 컵에 따랐다.

"받으렴."

"어, 고마워."

내 앞에 컵이 놓이고 잇시키의 종이컵, 유이가하마의 머그컵 순으로 홍차가 돌아가고, 유키노시타는 마지막으로 코마치 앞으로 갔다.

"코마치. 받으렴."

유키노시타가 부르자 유이가하마는 코마치 앞에서 떨어졌다.

"아, 잘 마실, 응? 앗! 오? 으응?"

자유를 되찾은 코마치는 눈앞에 놓인 홍차를 두 번, 세 번 살펴보고 얼떨떨한 소리를 냈다.

"저기, 이거……."

당황한 코마치가 가리키는 곳에는 흰색과 파스텔 그린 바탕에 산딸기 무늬가 들어간 머그컵이 있었다.

만져도 되는지 고민하듯 손을 쭈뼛거리는 코마치에게 유키노시타가 고개를 끄덕였다.

"조금 늦었지만, 봉사부 부장 취임 축하란다."

"그리구 다시 봉사부를 만들어준 감사 표시. 고마워."

유이가하마가 조금 쑥스럽게 미소 짓자 코마치는 두 사람의 얼굴을 번갈아 보고 감탄인지 망설임인지 모를 숨결을 흘렸다.

"괘, 괜찮아요?"

"그래. 부장이 계속 종이컵을 쓰면 보기 안 좋잖니?"

"맞아, 부원의 증표? 라구 생각하고 써줘."

두 사람의 허가를 얻고 겨우 코마치는 손바닥으로 전해지는 열을 확인하듯 조심스럽게 머그컵을 만졌다. 그리고 조심조심 보물단지라도 감싸듯 양손으로 꽉 쥐었다.

"고맙습니다……."

감사 인사를 하고 머리를 꾸벅 숙인 코마치는 좀처럼 얼굴을 들려고 하지 않았고, 다만 조용히 훌쩍이는 소리가 들렸다.

그 모습을 본 유키노시타와 유이가하마는 서로를 돌아보고 부드럽게 미소를 나눴다. 잇시키도 턱을 괴고는 있어도 그 눈빛은 상냥했다.

나는 조용히 자세를 고치고 코마치 쪽으로 돌아앉았다.

"코마치."

애써 차분하게 가라앉힌 목소리로 부르자 코마치는 천천히 얼굴을 들어 손등으로 눈가를 벅벅 닦았다. 눈동자는 젖었지만, 눈빛은 똑바로 앞을 향해 있었다.

코마치에게 하고 싶은 말과 전하고 싶은 말은 많았다.

축하, 감사, 사과, 그 외의 많은 말.

인수인계할 사항과 주의사항도 있었다. 불안과 걱정, 우려, 미리 알려주고 싶은 일은 셀 수 없이 많았다.

솔직히 봉사부 일은 귀찮고, 허구한 날 문제아가 성가신 일거리를 가져오는 골치 아픈 동아리다. 우리가 졸업한 뒤 코마치에게 힘든 경험이 기다릴지도 모른다. 외로울 때도 있을지 모른다. 그만두고 싶을 때도 있겠지. 가능하면 즐거운 시간만 보냈으면 좋겠지만, 분명히 그러지는 못하리라.

그래도 좋은 일도 나쁜 일도 싫은 일도 힘든 일도 괴로운 일도 억울한 일도 슬픈 일도 전부 포함해서 봉사부가 아닐까.

처음에는 이게 무슨 동아리인가 생각해도 어느샌가 떨어지기 힘들어지는 감각.

이런 인간과 어떻게 같은 동아리에 있냐고 생각했는데 자꾸만 끌리는 감정.

다른 누가 알아주지도 않는데 단 한 명, 자신만이 아는 감상.

그것들은 어떤 동아리를 고르고 어떤 친구와 지내도 어디선가 얻을 수 있을지도 모르지만, 내가 아는 것은 이곳뿐이니까 달리 전할 방법이 없어서 미안했다.

그래서 하다못해 그것들을 모조리, 그리고 오롯이 네 손으로 만져봤으면 한다.

어차피 한마디로는 표현할 수 없으니까, 말 따위로 전할 수 있다고 생각하지 않으니까, 사람들 앞에서는 창피해서 차마 말할 용기가 안 나니까.

나는 입꼬리만으로 씩 웃고 꼼꼼히 자세를 고쳤다. 그리고 장난스러운 분위기도 섞어 곧게 뻗은 허리를 45도로 숙였다.

"히키가야 부장님. 잘 부탁드리겠습니다."

코마치는 내 얼빠진 인사를 멍하게 보았지만, 코를 한번 훌쩍이고는 활짝 웃음을 터뜨렸다.

"좋아! 나만 믿도록!"

코마치는 평평한 가슴을 내밀고 위엄을 갖추어 한껏 거만을 떨었다.

그것을 바라보는 유이가하마는 자상하게 고개를 끄덕이고 유키노시타는 흡족한 숨을 내쉬었다. 턱을 괴었던 잇시키는 어이없이 웃음을 흘렸다.

"아, 맞다. 답례라고 하기는 좀 그렇지만."

나는 잇시키를 보며 말했다. 그것을 신호로 유이가하마가 가방을 뒤적여 아기자기한 상자를 꺼냈다.

"이로하한테두 선물. 고마워."

"네, 네에……. 별말씀을……. 아니, 천만에요?"

뭐라고 대답해야 할지 갈팡질팡하며 잇시키는 팔을 높이 들어 상자를 건네받았다.

"……열어봐도 될까요?"

"그러렴."

유키노시타에게 허락을 받은 잇시키는 포장을 깔끔하게 벗기고 뚜껑을 열었다. 그리고 내용물을 보고 작게 소리를 냈다.

"응?"

덜컥 놀란 표정으로 잇시키는 상자에 든 물건을 꺼내서 책상 위에 놓고 빤히 살펴봤다. 흰색과 파스텔 핑크 바탕에 산딸기 무늬가 들어간 머그컵. 코마치의 컵과 함께 두지 않아도 색만 다르고 같은 디자인임을 한눈에 알 수 있었다.

"어, 저기, 저 부원 아닌데요……? 받아도 돼요?"

잇시키가 당혹스럽고 쑥스럽게 웃으며 묻자 유이가하마가 불쑥 중얼거렸다.

"아니었구나……."

"사실 그렇다니까요. 왠지 수시로 들락날락하지만요."

소곤소곤 쑥덕쑥덕 코마치가 유이가하마에게 귓속말하는 한편, 유키노시타는 희한한 소리를 다한다는 식으로 한숨 쉬고 어깨를 으쓱했다.

"이제 와서 뭘. 그리고 혼자만 종이컵이라니, 비경제적이잖니."

오, 그거 어디서 들어본 적 있어. 유키농~ 학생회장님한테 그러면 괘씸죄라구☆ 그렇게 말했다가는 죽도록 까일 것 같으니까 닥치고 있자.

그 대신 나는 잇시키에게 꾸벅 머리를 숙였다.

"무슨 일 있으면 잘 부탁할게."

그 말을 들은 잇시키는 잠시 눈을 깜빡이다가 곧 득의양양하게 웃었다. 그리고 마냥 평평하지는 않은 가슴을 펴며 방금 코마치를 오마주했다.

"네. 저만 믿으세요. ……그런데 좀 성의 없지 않아요? 오코메에 비해서 저한테 하는 인사, 성의 없지 않아요?"

도중에 퍼뜩 깨닫고는 불만스럽게 추궁하고 들었다.

아니, 성의가 없다니. 오히려 나는 쓸데없이 성의가 넘치는 남자라며 헛소리를 나불댔다. 잇시키가 그것을 받아치려고 하는데 그 옆에서 코마치가 불쑥 머리를 내밀고 소매를 꾹꾹 당겼다.

"이로하 선배, 이로하 선배."

"응? 왜?"

잇시키가 귀찮게 대답하자 코마치는 블레이저를 탁탁 털고 치마 주름을 편 뒤 무릎에 손을 올리고 꾸벅 인사했다.

"여러모로 부족한 점도 있겠지만, 아무쪼록 앞으로도 잘 부탁드리겠습니다."

"어, 뭐 그래. 나도."

난데없는 정중한 인사에 잇시키가 어리벙벙하게 대답했다. 그리고 그 허를 찔러 코마치가 에헤헤 웃으면서 너스레를 떨었다.

"그리고 이번 일도 알아서 잘 처리해주세요! 이젠 딱히 올려도 상관없을 거 같아요☆"

"성의도 없고 줏대도 없고……. 뭐야, 나는 진지하게 고민했는데……."

찡긋☆ 하고 죽도록 가볍게 말하니까 잇시키는 정말로 죽을상을 썼다. 코마치는 콧김을 푹 내뿜고 두 주먹을 쥐어 힘차게 말했다.

"이로하 선배가 진지하게 고민해준 덕분이죠. 아, 이건 진짜예요."

"아, 그래……. 이젠 됐어……. 선배님, 얘 진짜 개념을 어디 팔아먹었어요."

내 소매를 꾹꾹 당긴 잇시키가 득달같이 항의했다. 나는 그 손에서 스리슬쩍 벗어나며 일단 동생을 옹호했다.

"코마치가 저렇게 장난치면서 아무 말이나 던지는 건 쑥스러워서 그래……."

그렇게 말하니까 유키노시타가 흥미롭게 들으며 턱을 잡았다.

"그런 부분은 히키가야랑 닮았구나."

"그치만 힛키가 하면 안 귀엽지……."

유이가하마가 애매하게 웃으며 떨떠름하게 말하자 잇시키가 코웃음 쳤다.

"오코메가 해도 안 귀여워요."

"으. 앗, 그래도 여기서 반박하면 코마치가 스스로 귀엽다고 생각하는 것 같아서 코마치 기준으로 포인트 낮아요…….”

“진짜 혼자서 뭐라는 거야, 얘는…….”

그렇게 또 장난치는 코마치와 잇시키를, 우리는 선배다운 여유를 뽐내며 훈훈하게 바라봤다. 음, 사이가 좋아서 참 다행이야…….

갑자기 유키노시타가 각자의 컵을 훑어보고 말없이 일어났다. 그것을 깨달은 유이가하마가 가방에서 과자를 꺼내 접시에 추가했다. 나는 평소와 똑같이 읽다가 만 문고본의 책장을 넘겼다.

“아, 코마치도 홍차 끓이는 거 도울게요!”

“그래? 그럼 같이할래?”

그런 대화를 배경음 삼아 나는 문득 고개를 돌려서 부실을 바라봤다.

기울기 시작한 햇살은 붉은 기운을 더해 하얀 김에 색을 입히고 짧은 시간 동안 이 부실에 따스한 양지를 만들었다.

과자를 입으로 쏙 집어넣는 유이가하마, 지친 기색으로 책상에 엎어진 잇시키, 홍차 끓이는 법을 꼼꼼하게 지도하는 유키노시타, 그 꼼꼼함에 살짝 당황한 코마치.

책상에는 익숙한 찻잔과 개 그림이 프린트된 머그컵. 손에 들린 내 전용 컵. 그리고 새것 티가 나는 한 쌍의 머그컵.

언젠가 컵의 개수가 변하고, 모양이 변하고, 이 방의 경치마저 바뀔 것이다.

반년 뒤라면 상상이 되지만, 1년 뒤는 모르겠다. 2년 뒤, 3

년 뒤, 혹은 더 시간을 건너뛰어 10년 뒤가 되면 우리가 이곳에 있던 흔적은 하나도 남지 않으리라.

그래도―.

그렇게 생각한 순간, 향긋한 냄새가 뭉실 퍼졌다.

향기의 원천을 눈으로 좇자 유키노시타의 감독하에 홍차를 우리는 코마치가 보였다.

유키노시타는 팔짱을 끼고 눈에 힘을 준 채 코마치의 일거수일투족을 세심하게 관찰했다. 코마치는 그 시선에 살짝 주눅 들면서도 섬세하고 정성스러운 손길로 천천히 홍차를 따랐다.

언젠가 이 광경도 사라시고 이 방의 모든 것이 바뀔 것이다.

하지만, 그래도 틀림없이.

틀림없이 이 방의 홍차 향은 변하지 않는다.

끝

출전 일람

「언제나 언제까지나 히키가야 코마치는 새언니를 원한다.」
「그래도 히키가야 코마치는 새언니를 포기하지 못한다.」
애니 『역시 내 청춘 러브코메디는 잘못됐다.』
Blu-ray BOX 앙코르 프레스 특전

「그렇게 축제는 끝나고 또 새로운 축제가 시작된다.」
이벤트 「역내청Fes. FINAL」 낭독극 각본을 각색

「무심한 듯 자연스럽게 잇시키 이로하는 미래를 이어간다.」
이·로·하·스 #그래서 나는 이로하스를 고른다
콜라보레이션 쇼트 스토리

「하지만 틀림없이 그녀들도 잘못을 반복한다.」
신작

■작가 후기

안녕하세요. 와타리 와타루입니다. 저는 오늘도 도쿄 칸다 히토츠바시 진보초에 위치한 쇼가쿠칸 5층에서 이 후기를 쓰고 있습니다.

갑작스럽지만, 여러분 그거 아십니까?

2021년 3월로 『역시 내 청춘 러브코메디는 잘못됐다.』 1권이 발행된 지 10년이 경과했다는 사실을.

10주년입니다! 10주년!

10주년을 맞이한 기념으로 이번 후기에 10년간의 추억과 잡담, 업계 비화부터 고발에 가까운 폭로, 자기 과시 개똥철학을 구구절절 써볼까 했지만, 그랬다가는 평생 써도 모자랄 테니까 참겠습니다. 특히 개똥철학은 무조건 어디서 무한 루프에 빠지니까. 그럼 어쩌지? 자기 과시 개똥철학이 막히면 나는 아무것도 못 적는데……. 그래도 일단 뭐라도 써볼게요.

10년이라고 하면 굉장히 긴 시간 같지만, 하루하루를 아등바등 살아가는 사람에게는 전혀 실감이 들지 않습니다. 아직 자기가 20대인 줄 착각하는 꼴불견 아저씨도 있다니까요? 그래도 몸만 폭삭 늙어서 세월의 무정함을 느끼고는 합니다. 가슴 두근거림과 호흡 곤란으로 죽는 거 아냐?

정말로 쏜살같이 지나간 10년이지만, 처음부터 「10년 힘내자오」 같은 소리를 했으면 절대로 여기까지 오지 못했을 겁니다. 눈앞에 해야 할 일이 있으니까 한다. 그것을 끝내면 몇 발자국 앞에 다음 일이 놓여 있어서 뚜벅뚜벅 걸어가서 또 일. 그게 끝나면 또 몇 발자국 앞에……. 그렇게 눈앞의 일을 좇으며 생각 없이 걸어온 것 같습니다. 돌이켜보면 어느새 참 멀리도 왔네요.

언제나 예정과 일거리가 포화 상태고 향후 2년간의 작업이 예정되어 있으면 당장 현재를 살아가기 바빠서 미래를 생각할 여유도 없어집니다. 내일의 일보다 어제의 마감이 급하니까요. 이미 지났잖아…….

그래도 하나의 일을 마치고 하나의 결말, 하나의 분기점을 맞이했을 때.

짧지만 숨을 돌릴 수 있는 순간이 오면 불현듯 미래를 생각할 때가 있습니다.

1년 후에는 뭐, 일하겠지. 2년 후도 아마 일하고. 10년 후에는…… 모르겠네. 그렇게 싱겁게 웃으며 주절거리다가 또 눈앞에 놓인 일에 착수하지만요.

아니면 그와 그녀와 그녀, 그리고 그녀와 그녀 또한 그렇게 살아갈지도 모릅니다. 기회가 있다면 그들의 미래를 어디선가 보고 싶기도 합니다. 1년 후, 2년 후, 10년 후…… 과연 어떻게 되어 있을까요?

그런 제 마음이 담긴 『역시 내 청춘 러브코메디는 잘못됐다.』 14.5권이었습니다.

후일담을 포함한 간만의 단편집은 어떠셨습니까?

사실 이런 후일담은 아직 더 남았습니다. 앤솔로지 소설 『역시 내 청춘 러브코메디는 잘못됐다. 유키노 side』, 『역시 내 청춘 러브코메디는 잘못됐다. 온 퍼레이드』, 『역시 내 청춘 러브코메디는 잘못됐다. 유이 side』, 『역시 내 청춘 러브코메디는 잘못됐다. 올스타즈』에도 제가 쓴 글이 있으니까 꼭 읽어주세요!

그리고 역내청 완결 뒤 완전 신작 정통 속편이니 뭐니 거창하게 허세 잔뜩 들어간 애프터 스토리, 『역시 내 청춘 러브코메디는 잘못됐다. ―신―』이란 작품도 있습니다. TV 애니메이션 『역시 내 청춘 러브코메디는 잘못됐다. 완』 BD&DVD 특전이므로 그쪽에도 많은 관심 부탁드립니다!

아직 끝이 아닙니다. 이번 14.5권과 동시에 발매하는 『역시 내 청춘 러브코메디는 잘못됐다.』 퐁칸⑧ ART WORKS, 흔히 말하는 퐁칸⑧ 신 화집! 이것도 꼭 구해서 역내청 10년의 역사를 함께 돌이켜봐 주십시오! 저랑 퐁칸⑧ 신의 대담도 껴 있으니까 관심 있으시면 꼭! 꼭 좀 부탁드립니다!(※국내 발매 상황과는 다른 일본 현지의 발매 상황임을 알려드립니다.)

그리고 말이죠, 여기서만 알려드리는 얘기인데 『역시 내 청춘 러브코메디는 잘못됐다. 결』이라는 새로운 프로젝트도 진행 중입니다. 자세한 사항은 아직 이 세상 누구도 모르지만, 다음 소식을 기다려주셨으면 합니다. 빨리하고 싶어, 역내청

결 이야기 빨리하고 싶어.

좌우지간 조금 더 넓어져갈 역내청의 세계를 아주 조금만 더 함께해주셨으면 좋겠습니다.

마지막으로 감사의 말을 전하겠습니다.

퐁칸⑧ 신. 신~! 항상 신이잖아. 이번에는 화집도 같이 내시느라 고생 많으셨습니다. 다시 한번 10년이라는 긴 시간의 무게와 깊이를 느꼈습니다. 오랜 시간을 함께하였지만, 앞으로도 오래도록 잘 부탁드리겠습니다. 감사합니다.

호시노 담당 편집자님. 거봐요! 이번에도 역시 껌이었죠! 크하핫! 이제는 크하하 말고는 할 말도 없네요, 크하핫! 다음 예정이 어떻게 되는지는 모르지만, 다음에도 분명히 껌이겠죠! 크하핫! 수고하셨습니다. 감사합니다. 크하핫!

미디어믹스 관계자 여러분. 애니메이션 『역내청 완』을 비롯하여 대단히 많은 매체에서 신세를 졌습니다. 10년이라는 세월에 걸쳐 이 콘텐츠가 이어질 수 있었던 것도 여러분이 힘써주신 덕분입니다. 정말로 감사합니다. 앞으로도 잘 부탁드리겠습니다.

그리고 독자 여러분. 또 이렇게 그들과 그녀들의 이야기를 쓸 수 있는 것은 그만큼 많은 성원이 있었기 때문입니다. 이번 작품뿐 아니라 지난 10년간 여러분의 응원에 힘입어 여기까지 올 수 있었습니다. 정말로 감사합니다. 부디 앞으로도 계속 응원해주신다면 기쁘겠습니다. 그대가 있기에 내가 있다!

그러면 이번에는 여기서 글을 마치겠습니다. 다음에도 다른 역내청에서 만나요!

3월 모일, 다음 10년을 위해 MAX 커피로 기를 보충하며.

와타리 와타루

역시 내 청춘 러브코메디는 잘못됐다. 14.5

초판 1쇄 발행 2021년 9월 10일

지은이_ 와타리 와타루
일러스트_ 퐁칸⑧
옮긴이_ 김장준
일본판 오리지널 디자인_ numata rina

발행인_ 신현호
편집부장_ 윤영천
편집진행_ 김기준 · 김승신 · 원현선 · 권세라
편집디자인_ 양우연
관리 · 영업_ 김민원 · 조인희

펴낸곳_ (주)디앤씨미디어
등록_ 2002년 4월 25일 제20-260호
주소_ 서울시 구로구 디지털로 26길 111 JnK디지털타워 503호
전화_ 02-333-2513(대표)
팩시밀리_ 02-333-2514
이메일_ lnovelpiya@naver.com
L노벨 공식 카페_ http://cafe.naver.com/lnovel11

ISBN 979-11-278-6168-1 04830
ISBN 979-11-278-4350-2 (세트)

값 7,800원